COLLECTION FOLIO

William Faulkner

Une rose pour Emily

et autres nouvelles

Traduit de l'américain
par Maurice-Edgar Coindreau,
R.-N. Raimbault et Ch.-P. Vorce

Gallimard

Ces quatre nouvelles sont extraites de *Treize histoires* (Folio n° 2300).

Les nouvelles « Une rose pour Emily », « Soleil couchant » et « Septembre ardent » ont été traduites par M.-E. Coindreau. Michel Gresset a revu ces traductions pour l'édition en Folio Bilingue (n° 59). La nouvelle « Chevelure » a été traduite par R.-N. Raimbault et Ch.-P. Vorce.

William Faulkner naît en 1897, à New Albany dans le Mississippi, dans une vieille famille aristocratique ruinée par la guerre de Sécession. Son père, Murry Cuthbert Faulkner, est un raté doublé d'un ivrogne dominé par sa femme, Maud. Enfant taciturne et étrange, le jeune William se distingue par ses goûts littéraires et artistiques. Il s'engage dans l'aviation canadienne après avoir été délaissé par Estelle, dont il était amoureux, mais l'Armistice met fin à la guerre avant qu'il ait appris à piloter. Il rentre cependant chez lui auréolé de la gloire du soldat et se vantant d'exploits inventés de toutes pièces. Il commence à écrire tout en exerçant différents métiers, sans grande conviction. Marqué par la forte personnalité de sa mère et son échec sentimental, William Faulkner mêle puritanisme et sensualité comme en témoigne le titre de son premier recueil de poèmes, *Le Faune de marbre*, en 1924. Il séjourne à Paris, à New York, à La Nouvelle-Orléans et, à son retour, épouse Estelle, qui a divorcé, et s'installe à Oxford. Il y mène une vie de romancier dont les livres ne se vendent guère malgré l'estime de la critique. Quelques-uns de ses plus grands romans paraissent alors : *Sanctuaire, Tandis que j'agonise, Lumière d'août, Sartoris, Le Bruit et la fureur...* Ils dressent une topographie de l'univers romanesque de l'écrivain : le comté de Yoknapatawpha et la ville de Jefferson dans le Sud après la guerre de Sécession. Faulkner publie également des recueils de nouvelles, comme *Treize histoires* — dont sont extraites *Une rose pour Emily et autres nouvelles*, premières œuvres traduites en français dans les années 1930. Il part travailler comme scénariste à Hollywood où il rencontre Meta Carpenter qui devient sa maîtresse. Son sens du devoir lui intime de la quitter et cette rupture lui inspire son dernier chef-d'œuvre, *Les Palmiers sauvages*, et le cruel duo de Charlotte et de Harry, jouets et prisonniers de leur amour. Il commence enfin à pouvoir vivre de sa plume et obtient le prix Nobel de littérature en 1949. Malheureusement son inspiration se tarit. L'alcool finit par avoir raison de lui, le 16 juillet 1962, au moment où paraît son dernier roman, *Les Larrons* : en 1905, le grand-père de Lucius Priest achète une automobile qui sera parmi les premières à apparaître dans la ville de Jefferson. Pendant une absence de son grand-père, le petit garçon et le chauffeur s'emparent de la voiture et partent pour Memphis. Mille péripéties les guettent. Ce roman est un adieu souriant aux personnages qui, pendant tant d'années, ont été les compagnons de chaque jour du grand romancier.

L'univers de Faulkner est un univers pessimiste, dont la déchéance, le péché, l'expiation par la souffrance forment la trame dramatique, et son œuvre compte parmi les plus importantes de la littérature américaine.

Découvrez, lisez ou relisez les livres de William Faulkner

SANCTUAIRE (Folio n° 231)

TANDIS QUE J'AGONISE (Folio n° 307 et Folio Bilingue n° 1)

LUMIÈRE D'AOÛT (Folio n° 621)

SARTORIS (Folio n° 920)

LE BRUIT ET LA FUREUR (Folio n° 162)

TREIZE HISTOIRES (Folio n° 2300)

UNE ROSE POUR EMILY — SEPTEMBRE ARDENT — SOLEIL COUCHANT (Folio Bilingue n° 59)

PYLÔNE (Folio n° 1531)

L'INVAINCU (Folio n° 2184)

LE GAMBIT DU CAVALIER (Folio n° 2718)

L'INTRUS (Folio n° 420)

SI JE T'OUBLIE, JÉRUSALEM (Les Palmiers sauvages) (L'Imaginaire n° 439)

ABSALON, ABSALON ! (L'Imaginaire n° 412)

DESCENDS, MOÏSE (L'Imaginaire n° 246)

REQUIEM POUR UNE NONNE (Folio n° 2480)

PARABOLE (Folio n° 2996)

LE HAMEAU (Folio n° 1661)

LES LARRONS (Folio n° 2789)

IDYLLE AU DÉSERT (Folio n° 3091)

LE FAUNE DE MARBRE — LE RAMEAU VERT (Poésie/Gallimard)

LE DOCTEUR MARTINO et autres histoires (Folio n° 3876 et Folio Bilingue n° 168)

LE DOMAINE (Folio n° 4003)

LE CAÏD et autres nouvelles (Folio 2 € n° 4147)

L'ARBRE AUX SOUHAITS (Folio Bilingue n° 117)

Une rose pour Emily

I

Quand Miss Emily Grierson mourut, toute notre ville alla à l'enterrement : les hommes, par une sorte d'affection respectueuse pour un monument disparu, les femmes, poussées surtout par la curiosité de voir l'intérieur de sa maison que personne n'avait vu depuis dix ans, à l'exception d'un vieux domestique, à la fois jardinier et cuisinier.

C'était une grande maison de bois carrée, qui, dans le temps, avait été blanche. Elle était décorée de coupoles, de flèches, de balcons ouvragés, dans le style lourdement frivole des années soixante-dix, et s'élevait dans ce qui avait été autrefois notre rue la plus distinguée. Mais les garages et les égreneuses à coton, empiétant peu à peu, avaient fait disparaître jusqu'aux noms augustes de ce quartier ; seule la maison de Miss Emily était restée, élevant sa décrépitude entêtée et coquette au-dessus des chars à coton et des pompes à essence. Elle n'était plus la seule à outrager la vue. Et voilà que Miss Emily était allée rejoindre les représentants de ces augustes noms dans le cimetière assoupi sous les ifs, où ils gisaient parmi les tombes alignées et anonymes des soldats de l'Union et des Confédérés morts sur le champ de bataille de Jefferson.

De son vivant, Miss Emily avait été une tradition, un devoir et un souci ; une sorte de charge héréditaire qui pesait sur la ville depuis ce jour où, en 1894, le colonel Sartoris, le maire — celui qui lança l'édit interdisant aux Noires de paraître dans les rues sans tablier —, l'avait dispensée de payer ses impôts, dispense qui datait de la mort de son père et s'étendait jusqu'à perpétuité. Non que Miss Emily eût été du genre à accepter qu'on lui fît la charité. Le colonel Sartoris avait inventé l'histoire compliquée d'un prêt d'argent que le père de Miss Emily aurait fait à la ville et que la ville, pour raison d'affaires, préférait rembourser de cette façon-là. Il n'y avait qu'un homme de la génération et avec les idées du colonel Sartoris pour avoir pu imaginer une chose pareille, et il n'y avait qu'une femme pour l'avoir pu croire.

Quand la génération suivante, avec ses idées modernes, donna à son tour des maires et des conseillers municipaux, cet arrangement souleva quelques mécontentements. Le premier janvier ils lui envoyèrent une feuille d'imposition. Février arriva sans apporter de réponse. Ils lui envoyèrent une lettre officielle, la priant de passer quand elle le jugerait bon, au bureau du shérif. La semaine suivante, le maire lui écrivit lui-même, lui offrant d'aller chez elle ou de l'envoyer chercher en voiture. En réponse il reçut un billet où, sur un papier d'une forme archaïque, d'une écriture courante et menue à l'encre passée, elle lui disait qu'elle ne sortait plus du tout. La feuille d'impôts était incluse, sans commentaire.

Le conseil municipal siégea en séance extraordinaire. Une députation se rendit chez elle et frappa à cette porte qu'aucun visiteur n'avait franchie depuis que, huit ou dix ans auparavant, elle avait cessé de donner des leçons de peinture sur porcelaine. Le vieux Noir la fit entrer dans un hall obscur d'où un escalier montait se perdre dans une ombre encore plus profonde. Il y régnait une odeur de poussière, de désaffection ; une odeur de renfermé et d'humidité. Le Noir les conduisit dans le salon. L'ameublement en était lourd, les sièges couverts en cuir. Quand le Noir ouvrit les rideaux d'une des fenêtres, ils virent que le cuir était craquelé ; et, quand ils s'assirent, un léger nuage de poussière monta paresseusement autour de leurs cuisses et, en lentes volutes, les atomes s'élevèrent dans l'unique rai de soleil. Près de la cheminée, sur un chevalet à la dorure ternie, se trouvait un portrait au crayon du père de Miss Emily.

Ils se levèrent quand elle entra. Elle était petite, grosse, vêtue de noir, avec une mince chaîne d'or qui lui descendait jusqu'à la taille et disparaissait dans sa ceinture, et elle s'appuyait sur une canne d'ébène à pomme d'or ternie. Son ossature était mince et frêle. C'est peut-être pour cela que ce qui chez une autre n'aurait été que de l'embonpoint, était chez elle de l'obésité. Elle avait l'air enflée, comme un cadavre qui serait resté trop longtemps dans une eau stagnante, elle en avait même la teinte blafarde. Ses yeux, perdus dans les bourrelets de son visage, ressemblaient à deux petits morceaux de charbon enfouis dans une boule de pâte, tandis qu'elle les promenait d'un visage à l'autre, en écoutant les visiteurs présenter leur requête.

Elle ne les invita pas à s'asseoir. Elle se contenta de rester debout sur le seuil, attendant tranquillement que le porte-parole se soit arrêté, balbutiant. Ils purent entendre alors le tic-tac de la montre invisible attachée à la chaîne d'or.

Sa voix était sèche et froide : « Je n'ai pas d'impôts à payer à Jefferson. Le colonel Sartoris me l'a expliqué. Peut-être l'un d'entre vous pourra-t-il consulter les archives de la ville, et vous donner satisfaction à tous.

— Mais nous l'avons fait. Nous sommes les autorités de la ville, Miss Emily. N'avez-vous pas reçu un avis du shérif, signé de sa main ?

— Oui, j'ai reçu un papier, dit Miss Emily. Il se croit peut-être le shérif... Je n'ai pas d'impôts à payer à Jefferson.

— Mais il n'y a rien qui le prouve dans les registres. Il faut que nous...

— Voyez le colonel Sartoris. Je n'ai pas d'impôts à payer à Jefferson.

— Mais, Miss Emily…

— Voyez le colonel Sartoris. (Il y avait près de dix ans que le colonel Sartoris était mort). Je n'ai pas d'impôts à payer à Jefferson. Tobe ! » Le Noir apparut. « Raccompagne ces messieurs. »

II

C'est ainsi qu'elle les domina, bel et bien, comme elle avait dominé leurs pères, trente ans auparavant, au sujet de l'odeur. Cela se passait deux ans après la mort de son père et peu de temps après que son amoureux — celui qui, pensions-nous, allait l'épouser — l'eut abandonnée. Après la mort de son père, elle sortit très peu ; après que son amoureux fut parti, on ne la vit pour ainsi dire plus. Quelques dames eurent la témérité d'aller lui rendre visite, mais elles ne furent point reçues et, autour de la maison, il n'y avait d'autre signe de vie que le Noir, jeune à cette époque, qui entrait et sortait avec un panier à provisions.

« Comme si un homme, quel qu'il soit, pouvait tenir une cuisine en état ! » disaient les dames ; aussi personne ne fut surpris quand l'odeur se fit sentir ; ce fut un nouveau lien entre le monde grouillant et grossier et les grands et puissants Grierson.

Une voisine alla se plaindre au maire, le juge Stevens, âgé alors de quatre-vingts ans.

« Mais que voulez-vous que j'y fasse, madame ? dit-il.

— Eh bien, envoyez-lui un mot pour que

cela cesse, dit la femme. Est-ce qu'il n'y a pas une loi ?

— Je suis sûr que ça ne sera pas nécessaire, dit le juge Stevens. C'est sans doute tout simplement un serpent ou un rat que son nègre aura tué dans la cour. Je lui en dirai un mot, à son nègre. »

Le lendemain il reçut deux autres plaintes. L'une émanait d'un homme qui se présenta, timide et suppliant : « Il faut absolument faire quelque chose, Monsieur le Juge. Pour rien au monde je ne voudrais ennuyer Miss Emily, mais il faut que nous fassions quelque chose. » Ce soir-là le conseil municipal se réunit : trois barbes grises et un jeune homme, un membre de la nouvelle génération.

« C'est tout simple, dit-il, faites-lui dire de nettoyer chez elle. Donnez-lui un certain temps pour le faire et si elle ne...

— Dieu me damne, monsieur, dit le juge Stevens, prétendez-vous aller dire en face à une dame qu'elle sent mauvais ? »

Alors, la nuit suivante, un peu après minuit, quatre hommes traversèrent la pelouse de Miss Emily et, comme des cambrioleurs, rôdèrent autour de la maison, reniflant le soubassement de brique et les soupiraux de la cave, tandis que l'un d'eux, un sac sur l'épaule, faisait régulièrement le geste du semeur. Ils enfoncèrent la porte de la cave qu'ils saupoudrèrent de chaux, ainsi que toutes les dépendances. Comme ils retraversaient la pelouse, ils virent qu'une fenêtre, sombre jusqu'alors, se trouvait éclairée. Miss Emily s'y tenait assise, à contre-jour, droite, immobile comme une idole. Silencieusement ils traversèrent la pelouse et se glissèrent dans l'ombre des acacias qui bordaient la rue. Au bout d'une quinzaine, l'odeur disparut.

C'est alors que les gens commencèrent à avoir vraiment pitié d'elle. Les gens de la ville qui se rappelaient comment la vieille Mrs Wyatt, sa grand-tante, avait fini par devenir complètement folle trouvaient que les Grierson se croyaient peut-être un peu trop supérieurs, étant donné ce qu'ils étaient. Il n'y avait jamais de jeune homme assez bon pour Miss Emily. Nous nous les étions souvent imaginés comme des personnages de tableau : dans le fond, Miss Emily, élancée, vêtue de blanc ; au premier plan son père, lui tournant le dos, jambes écartées, un fouet à la main, tous les deux encadrés par le chambranle de la porte d'entrée grande ouverte. Aussi, quand elle atteignit la trentaine sans s'être mariée, je ne dis pas que cela nous fit vraiment plaisir, mais cela nous donne raison. Même avec des cas de folie dans la famille, elle n'aurait pas refusé tous les partis s'ils s'étaient réellement présentés.

À la mort de son père le bruit courut que la maison était tout ce qui lui restait, et, d'un côté, les gens n'en furent pas fâchés. Ils pouvaient enfin avoir pitié de Miss Emily. Seule et dans la misère, elle s'était humanisée. Maintenant, elle aussi allait connaître ce qui était bien connu : la joie et le désespoir d'un sou de plus ou de moins.

Le lendemain de la mort de son père, toutes les dames s'apprêtèrent à aller la voir pour lui offrir aide et condoléances, ainsi qu'il est d'usage. Miss Emily les reçut à la porte, habillée comme de coutume, et sans la moindre trace de chagrin sur le visage. Elle leur dit que son père n'était pas mort. Elle répéta cela pendant trois jours, tandis que les pasteurs venaient la voir, ainsi que les médecins, dans l'espoir qu'ils la décideraient à les laisser disposer du corps. Juste au moment où ils allaient recourir à la loi et à la force, elle céda, et ils enterrèrent son père au plus vite.

Personne ne dit alors qu'elle était folle. Nous croyions qu'elle ne pouvait faire autrement. Nous nous rappelions tous les jeunes gens que son père avait écartés, et nous savions que, se trouvant sans rien, elle devait se cramponner à ce qui l'avait dépossédée, comme on fait d'ordinaire.

III

Elle fut longtemps malade. Quand nous la revîmes, elle avait les cheveux courts, ce qui lui donnait l'apparence d'une jeune fille et une vague ressemblance avec les anges des vitraux d'église, genre tragique et serein.

La ville venait juste de passer les contrats pour le goudronnage des trottoirs et, pendant l'été qui suivit la mort de son père, on commença les travaux. L'entreprise de construction arriva avec des nègres, des mulets, des machines et un contremaître nommé Homer Barron, un Yankee, grand gaillard brun et affable, avec une grosse voix et des yeux plus clairs que son teint. Les petits enfants le suivaient en groupe pour l'entendre jurer contre les nègres, les nègres qui chantaient en mesure tout en levant et abaissant leurs pioches. Il ne tarda pas à connaître tout le monde dans la ville. Chaque fois qu'on entendait de grands éclats de rire sur la place, on était sûr qu'Homer Barron était au centre du groupe. On ne tarda pas à le voir, le dimanche après-midi, se promener avec Miss Emily, dans le cabriolet du loueur de voitures avec ses roues peintes en jaune et sa paire de chevaux bais.

Tout d'abord nous nous réjouîmes de voir que Miss Emily avait maintenant un intérêt dans la vie, parce que toutes les dames disaient : « Naturellement une Grierson ne s'attachera jamais sérieusement à un homme du Nord, à un journalier. » Mais il y en avait d'autres, des gens plus âgés, qui disaient que même le chagrin ne devait pas faire oublier à une grande dame que *noblesse oblige*, sans appeler ça *noblesse oblige*. Ils se contentaient de dire : « Pauvre Emily, sa famille devrait lui rendre visite. » Elle avait des parents en Alabama, mais, dans le temps, son père s'était brouillé avec eux au sujet de la succession de la vieille Mrs Wyatt, la folle, et les deux familles avaient cessé de se voir. Personne n'était même venu à l'enterrement.

Et aussitôt que les vieilles gens eurent dit : « Pauvre Emily », on commença à chuchoter : « Comment, vous pensez que vraiment... ? disait-on. — Mais bien sûr, pour quelle autre raison voudriez-vous que... ? » Cela derrière les mains ; crissements de soie et de satin qui se tendaient pour apercevoir, de derrière les jalousies fermées sur le soleil des dimanches après-midi, la paire de chevaux bais passant dans un léger et rapide clop-clop-clop. « Pauvre Emily ! »

Elle portait la tête assez haut, même alors que nous pensions qu'elle était déchue. On eût dit qu'elle exigeait plus que jamais que l'on reconnût la dignité attachée à la dernière des Grierson. Il semblait que ce rien de vulgarité terrestre ne faisait qu'affirmer davantage son impénétrabilité. C'est comme le jour où elle acheta la mort aux rats, l'arsenic. C'était plus d'un an après qu'on avait commencé à dire : « Pauvre Emily », et pendant que ses deux cousines habitaient avec elle.

« Je voudrais du poison », dit-elle au droguiste. Elle avait plus de trente ans alors. Elle était encore mince, quoique plus maigre que d'habitude, avec des yeux noirs, froids et hautains dans un visage dont la peau se tirait vers les tempes et autour des yeux comme il semblerait que dût être le visage d'un gardien de phare. « Je voudrais du poison, dit-elle.

— Bien, Miss Emily. Quelle espèce de poison ? pour des rats ou quelque chose de ce genre ? Je vous recomman...

— Je veux le meilleur que vous ayez. Peu m'importe lequel. »

Le droguiste en énuméra quelques-uns. « Ils tueraient un éléphant. Mais ce que vous voulez, c'est...

— De l'arsenic, dit Miss Emily. Est-ce que c'est bon ?

— Est-ce... l'arsenic ? Mais oui, madame. Seulement ce que vous voulez...

— Je veux de l'arsenic. »

Le droguiste la regarda. Elle le dévisagea, droite, le visage comme un drapeau déployé. « Mais, naturellement, dit le droguiste, si c'est ce que vous voulez. Seulement, voilà, la loi exige que vous disiez à quoi vous voulez l'employer. »

Miss Emily se contenta de le fixer, la tête renversée afin de pouvoir le regarder les yeux dans les yeux, si bien qu'il détourna ses regards et alla chercher l'arsenic qu'il enveloppa. Le petit livreur noir lui apporta le paquet ; le droguiste ne reparut pas. Quand, arrivée chez elle, elle ouvrit le paquet, il y avait écrit sur la boîte, sous le crâne et les os en croix : « Pour les rats ».

IV

Aussi, le lendemain, tout le monde disait : « Elle va se tuer », et nous trouvions que c'était ce qu'elle avait de mieux à faire. Au début de ses relations avec Homer Barron, nous avions dit : « Elle va l'épouser. » Plus tard nous dîmes : « Elle finira bien par le décider » ; parce que Homer lui-même avait remarqué — il aimait la compagnie des hommes et on savait qu'il buvait avec les plus jeunes membres du Elks' Club — qu'il n'était pas un type à se marier. Plus tard nous dîmes « Pauvre Emily » derrière les jalousies, quand ils passaient, le dimanche après-midi, dans le cabriolet étincelant, Miss Emily, la tête haute, et Homer Barron, le chapeau sur l'oreille, le cigare aux dents, les rênes et le fouet dans un gant jaune.

Alors quelques dames commencèrent à dire que c'était là une honte pour la ville et un mauvais exemple pour la jeunesse. Les hommes n'osèrent point intervenir, mais à la fin les dames obligèrent le pasteur baptiste — la famille d'Emily était épiscopale — à aller la voir. Il ne voulut jamais révéler ce qui s'était passé au cours de cette entrevue, mais il refusa d'y retourner. Le dimanche suivant, ils sortirent encore en voiture et, le lendemain, la femme du pasteur écrivit aux parents d'Emily, en Alabama.

Elle eut donc à nouveau de la famille sous son toit, et tout le monde s'apprêta à suivre les événements. Tout d'abord il ne se passa rien. Ensuite, nous fûmes convaincus qu'ils allaient se marier. Nous apprîmes que Miss Emily était allée chez le bijoutier et avait commandé un nécessaire de toilette pour homme, avec les initiales H.B. sur chaque pièce. Deux jours après, nous apprîmes qu'elle avait acheté un trousseau d'homme complet, y compris une chemise de nuit, et nous dîmes : « Ils sont mariés. » Nous étions vraiment contents. Nous étions contents parce que les deux cousines étaient encore plus Grierson que Miss Emily ne l'avait jamais été.

Nous ne fûmes donc pas surpris lorsque, quelque temps après que les rues furent terminées, Homer Barron disparut. On fut un peu déçu qu'il n'y ait pas eu de réjouissances publiques, mais on crut qu'il était parti pour préparer l'arrivée de Miss Emily ou pour lui permettre de se débarrasser des cousines. (Nous formions alors une véritable cabale et nous étions tous les alliés de Miss Emily pour l'aider à circonvenir les cousines.) Ce qu'il y a de certain, c'est qu'au bout d'une semaine elles s'en allèrent. Et, comme nous nous y attendions, trois jours ne s'étaient pas écoulés que Homer Barron était de retour dans notre ville. Un voisin vit le Noir le faire entrer par la porte de la cuisine, un soir, au crépuscule.

Nous ne revîmes plus jamais Homer Barron et, pendant quelque temps, nous ne vîmes pas

Emily non plus. Le Noir entrait et sortait avec son panier à provisions, mais la porte d'entrée restait close. De temps à autre, nous la voyions un moment à sa fenêtre, comme le soir où les hommes allèrent répandre de la chaux chez elle, mais pendant plus de six mois elle ne parut pas dans les rues. Nous comprîmes qu'il fallait aussi s'attendre à cela ; comme si cet aspect du caractère de son père qui avait si souvent contrarié sa vie de femme avait été trop virulent, trop furieux pour mourir.

Quand nous revîmes Miss Emily, elle était devenue obèse et ses cheveux grisonnaient. Dans les années suivantes, ils devinrent de plus en plus gris jusqu'au moment où, ayant pris une couleur gris fer poivre et sel, sa chevelure ne changea plus. Le jour de sa mort, à soixante-quatorze ans, ses cheveux étaient encore de ce gris fer vigoureux, comme ceux d'un homme actif.

À dater de cette époque, sa porte resta fermée, sauf pendant une période de six ou sept ans, alors que, âgée d'environ quarante ans, elle donnait des leçons de peinture sur porcelaine. Elle installa, dans une des pièces du rez-de-chaussée, un atelier où les filles et les petites-filles des contemporains du colonel Sartoris lui furent envoyées avec la même régularité et dans le même esprit qu'elles étaient envoyées au temple le dimanche, avec une pièce de vingt-cinq sous pour la quête. Cependant elle avait été exemptée d'impôts.

La nouvelle génération devint alors le pilier, l'âme de la ville, et les élèves du cours de peinture grandirent et se dispersèrent et ne lui envoyèrent pas leurs filles avec des boîtes de couleurs, des pinceaux ennuyeux et des images découpées dans les journaux de dames. La porte se referma sur la dernière élève et resta fermée pour de bon. Quand la ville obtint la distribution gratuite du courrier, Miss Emily fut la seule à refuser de laisser mettre un numéro au-dessus de sa porte et d'y laisser fixer une boîte à lettres. Elle ne voulut rien entendre.

Tous les jours, tous les mois, tous les ans, nous regardions le Noir, de plus en plus gris, de plus en plus voûté, entrer et sortir avec son panier à provisions. À chaque mois de décembre on lui envoyait une feuille d'imposition que la poste nous retournait la semaine suivante avec la mention « non réclamée ». De temps à autre nous l'apercevions à l'une des fenêtres du rez-de-chaussée — elle avait évidemment fermé le premier — semblable au torse sculpté d'une idole dans sa niche, et nous ne savions jamais si elle nous regardait ou si elle ne nous regardait pas. Et elle passa ainsi de génération en génération, précieuse, inévitable, impénétrable, tranquille et perverse.

Et puis elle mourut. Elle tomba malade dans la maison remplie d'ombres et de poussière avec, pour toute aide, son vieux Noir gâteux. Nous ne sûmes même pas qu'elle était malade ; il y avait longtemps que nous avions renoncé à obtenir des renseignements du Noir. Il ne parlait à personne, même pas à elle probablement, car sa voix était devenue rauque et rouillée, comme à force de ne pas servir.

Elle mourut dans une des pièces du rez-de-chaussée, dans un lit en noyer massif garni d'un rideau, sa tête grise soulevée par un oreiller jauni et moisi par l'âge et le manque de soleil.

V

Le Noir vint à la porte recevoir la première des dames. Il les fit entrer avec leurs voix assourdies et chuchotantes, leurs coups d'œil rapides et furtifs, puis il disparut. Il traversa toute la maison, sortit par-derrière et on ne le revit plus jamais.

Les deux cousines arrivèrent tout de suite. Elles firent procéder à l'enterrement le second jour. Toute la ville vint regarder Miss Emily sous une masse de fleurs achetées. Le portrait au crayon de son père rêvait d'un air profond au-dessus de la bière, les dames chuchotaient, macabres, et, sur la galerie et sur la pelouse, les très vieux messieurs — quelques-uns dans leurs uniformes bien brossés de Confédérés — parlaient de Miss Emily comme si elle avait été leur contemporaine, se figurant qu'ils avaient dansé avec elle, qu'ils l'avaient courtisée peut-être, confondant le temps et sa progression mathématique, comme font les vieillards pour qui le passé n'est pas une route qui diminue mais, bien plutôt, une vaste prairie que l'hiver n'atteint jamais, séparé d'eux maintenant par l'étroit goulot de bouteille des dix dernières années.

Nous savions déjà qu'au premier étage il y avait une chambre qui n'avait pas été ouverte depuis quarante ans et dont il nous faudrait enfoncer la porte. On attendit pour l'ouvrir que Miss Emily fût décemment ensevelie.

Sous la violence du choc, quand on défonça la porte, la chambre parut s'emplir d'une poussière pénétrante. On aurait dit qu'un voile mortuaire, ténu et âcre, était déployé sur tout ce qui se trouvait dans cette chambre parée et meublée comme pour des épousailles, sur les rideaux de damas d'un rose passé, sur les abat-jour roses des lampes, sur la coiffeuse, sur les délicats objets de cristal, sur les pièces du nécessaire de toilette avec leur dos d'argent terni, si terni que le monogramme en était obscurci. Parmi ces pièces se trouvaient un col et une cravate, comme si on venait juste de les enlever. Quand on les souleva, ils laissèrent sur la surface un pâle croissant dans la poussière. Le costume était soigneusement plié sur une chaise sous laquelle étaient les chaussettes et les souliers muets.

L'homme lui-même était couché sur le lit.

Pendant longtemps, nous restâmes là, immobiles, regardant son rictus profond et décharné. On voyait que, pendant un temps, le corps avait dû reposer dans l'attitude de l'étreinte, mais le grand sommeil qui survit à l'amour, le grand sommeil qui vainc même la grimace de l'amour l'avait trompé. Ce qui restait de lui, décomposé sous ce qui restait de la chemise de nuit, était devenu inséparable du lit sur lequel il était couché ; et sur lui, comme sur l'oreiller à côté de lui, reposait cette couche unie de poussière tenace et patiente.

Nous remarquâmes alors que l'empreinte d'une tête creusait l'autre oreiller. L'un d'entre nous y saisit quelque chose et, en nous penchant, tandis que la fine, l'impalpable poussière nous emplissait le nez de son âcre sécheresse, nous vîmes que c'était un cheveu, un long cheveu, un cheveu couleur gris fer.

Chevelure

I

Cette fille, cette Susan Reed, était orpheline. Elle vivait avec des gens appelés Burchett, qui avaient d'autres enfants, deux ou trois enfants. Certains disaient que Susan était une nièce, une cousine, quelque chose comme cela ; d'autres répandaient sur la moralité de Burchett et même de Mme Burchett les habituelles médisances. Vous savez ce que c'est. C'étaient surtout les femmes.

Lorsque Hawkshaw arriva à Jefferson, elle avait à peu près cinq ans. Ce fut lors du premier été qu'il passa derrière son fauteuil dans le salon de coiffure de Maxey que, pour la première fois, Mme Burchett lui amena Susan. Maxey m'a conté que, pendant trois jours, ses employés et lui avaient assisté aux efforts de Mme Burchett pour décider Susan à entrer chez le coiffeur. C'était alors une petite fille maigriotte, aux grands yeux effarés, avec ces cheveux plats et soyeux qui n'étaient ni blonds ni bruns. Ce fut en fin de compte Hawkshaw, lui qui, autant qu'on sache, n'avait jamais dit autre chose que oui ou non à n'importe quel homme ou à n'importe quelle femme de la ville, ce fut Hawkshaw, me raconta Maxey, qui sortit dans la rue et endoctrina la petite pendant un bon quart d'heure avant qu'elle se décidât à entrer et à s'asseoir dans le fauteuil. « Le diable m'emporte, dit Maxey, si on aurait pas dit qu'Hawkshaw l'attendait. »

C'était la première fois qu'elle se faisait couper les cheveux. Ce fut Hawkshaw qui les lui coupa, tandis qu'elle restait assise enfouie dans le peignoir, avec l'air d'un petit lapin effrayé. Mais, six mois après, elle venait toute seule chez le coiffeur se faire couper les cheveux par Hawkshaw, et elle avait toujours l'air d'un petit lapin, avec cette figure effarée, ces deux grands yeux et ces cheveux d'une nuance indéfinie qu'on apercevait au-dessus du peignoir. Si Hawkshaw était occupé, dit Maxey, elle entrait, allait s'asseoir sur le banc tout près du fauteuil d'Hawkshaw, les jambes pendantes devant elle, et elle attendait qu'il eût fini. Au dire de Maxey, on la considérait comme la cliente attitrée d'Hawkshaw, au même titre que ces habitués qui se font raser tous les samedis soir. Une fois, l'autre commis, Matt Fox, lui ayant offert de lui couper les cheveux parce qu'Hawkshaw était occupé, celui-ci lui lança un regard foudroyant. « J'en ai pour une minute, dit-il. Je vais m'occuper d'elle. » Cela faisait, à cette époque, à peu près un an, me raconta Maxey, qu'Hawkshaw était à son service, mais c'était la première fois qu'il l'eût jamais entendu, à quelque propos que ce fût, parler d'une façon aussi catégorique.

Cet automne-là, la fillette commença d'aller à l'école. Chaque matin et chaque après-midi elle passait devant la boutique du coiffeur. Toujours timide, elle marchait comme le font les petites filles, et l'on voyait sa tête blonde-brune glisser rapidement à la hauteur de la fenêtre, comme si elle eût été montée sur ses patins. D'abord elle était toujours seule, mais bientôt sa tête ne fut plus qu'une parmi un groupe d'autres têtes, des têtes en train de bavarder et qui ne regardaient pas le moins du monde du côté de la fenêtre, tandis qu'Hawkshaw se tenait là, à la fenêtre, à regarder dehors. Maxey et Matt n'avaient pas besoin, disaient-ils eux-mêmes, de consulter la pendule pour savoir qu'il était huit heures moins cinq ou trois heures moins cinq, ils n'avaient qu'à observer Hawkshaw. C'était comme une sorte d'attraction qui le faisait se diriger vers la fenêtre sans qu'il s'en aperçût, et regarder au-dehors vers le moment où les écoliers commençaient à passer. Lorsqu'elle venait chez le coiffeur se faire couper les cheveux, Hawkshaw lui donnait deux ou trois pastilles de menthe, alors qu'il n'en donnait qu'une seule aux autres enfants, m'assura Maxey.

Non, ce fut Matt Fox, l'autre commis, qui me raconta cela. Ce fut lui qui me parla de la poupée qu'Hawkshaw donna à Susan pour Noël. Je ne sais comment il parvint à savoir cela. Ce ne fut certes pas Hawkshaw qui le lui dit. Il l'apprit pourtant ; il en savait beaucoup plus que Maxey sur le compte d'Hawkshaw. Il était marié, ce Matt, un gros garçon flasque avec une figure de papier mâché et un regard las ou mélancolique — oui, quelque chose comme cela. Un drôle de type, presque aussi habile coiffeur qu'Hawkshaw. Il ne parlait pas beaucoup lui non plus, et je ne m'explique pas comment il savait tant de choses sur Hawkshaw alors qu'un bavard comme Maxey réussissait à en savoir si peu. Mais sans doute un homme qui parle beaucoup ne trouve-t-il pas le temps d'apprendre grand-chose sur n'importe quel sujet, si ce n'est des mots, rien que des mots.

Quoi qu'il en soit, Matt me raconta qu'à chaque Noël Hawkshaw faisait un cadeau à Susan, même lorsqu'elle fut devenue grande fille. C'était toujours à lui, à son fauteuil, qu'elle venait, et lui, chaque matin, à l'aller et au retour de l'école, la regardait passer. Une grande fille, et elle n'était plus du tout timide.

Vous n'auriez pas dit que ce fût la même. Elle avait poussé vite. Trop vite. C'était là l'ennui. Certains disaient qu'elle était orpheline et je ne sais quoi encore. Mais ce n'était pas cela. Les filles ce n'est pas comme les garçons. Les filles ça naît sevré et les garçons ne le sont jamais. Le diable m'emporte si vous n'en voyez pas à soixante ans qui retournent à leur voiture d'enfant, et plus vite que ça.

Ce n'était pas qu'elle fût vicieuse. On ne peut pas dire d'une femme qu'elle naît vicieuse, car elles le sont toutes de naissance, c'est chez elles quelque chose d'inné. Le tout est qu'elles se marient avant que l'abcès de leur vice ne crève naturellement. Cependant, nous nous efforçons de les soumettre à des principes qui veulent que la femme ne puisse se marier avant d'avoir atteint un âge déterminé. Mais la nature se fiche des principes et laisse faire les femmes, qui se fichent autant des principes que de tout le reste. Susan avait grandi trop vite, voilà tout. Elle atteignit le point critique où crève l'abcès des mauvais penchants avant le terme fixé par les principes. Je ne pense pas que les femmes puissent s'en empêcher. J'ai une fille et je n'hésite pas à le dire.

Voilà donc où elle en était. On calcula, me dit Matt, qu'elle ne devait pas avoir plus de treize ans le jour où Mme Burchett lui donna le fouet pour s'être mis du rouge et de la poudre. Cette année-là, d'après lui, on la voyait dans la rue, ricanant avec deux ou trois autres filles, à toutes les heures où elle aurait dû être à l'école. Elle était toujours maigriotte, avec des cheveux ni blonds ni bruns et la figure empâtée de fard à tel point qu'on aurait cru qu'au moindre sourire la croûte allait craquer comme de la boue durcie. Elle portait des robes de guingan toutes simples, telles qu'en doit porter une enfant de treize ans, mais serrées et ajustées de façon à montrer ce qu'elle n'avait pas encore à montrer, comme le faisaient, avec leurs robes de soie, de crêpe ou d'autres étoffes semblables, les filles plus âgées.

Matt la regardait passer, un jour, me dit-il, lorsqu'il s'aperçut tout à coup qu'elle n'avait pas de bas. Cela le fit réfléchir, ajouta-t-il, et il se rappela qu'elle ne portait jamais de bas en été uniquement lorsqu'il se rendit compte que ce qui avait attiré son attention ce n'était pas qu'elle n'eût pas de bas mais le fait que ses jambes avaient l'air de jambes de femme : de femme faite. Et elle n'avait que treize ans.

Elle n'y pouvait rien, dis-je. Ce n'était pas sa faute. Ce n'était pas non plus celle de Burchett. En vérité, pour elles, les brebis galeuses, celles qui ont la malchance d'être femmes trop tôt, il n'y a que les hommes qui sachent se montrer indulgents. Voyez un peu comment tous ceux de la petite ville se conduisirent vis-à-vis d'Hawkshaw. Même lorsque l'on sut, lorsque tout le monde commença à jaser, pas un d'entre eux n'en parla à Hawkshaw. On était persuadé, j'imagine, qu'il était au courant, lui aussi, qu'il avait eu vent des commérages, mais lorsqu'on parlait d'elle dans la boutique du coiffeur, c'était toujours lorsque Hawkshaw n'était pas là. Et tout le monde agissait de même, je suppose, car il n'était personne qui n'eût aperçu Hawkshaw à la fenêtre la regardant au passage ou lorsqu'elle s'en allait dans la rue. Parfois il lui arrivait de passer devant le cinéma à la fin du spectacle, au moment où elle en sortait avec un type, car elle n'avait pas quatorze ans quand elle avait commencé d'aller avec eux. Elle était obligée, disait-on, de s'échapper de chez elle en cachette pour aller les rejoindre, et de rentrer en catimini. Mme Burchett la croyait chez une amie.

On ne parlait jamais d'elle devant Hawkshaw. On attendait qu'il s'en allât prendre ses repas ou qu'il fût parti pour ses quinze jours de congé du mois d'avril, au sujet desquels personne ne put jamais savoir où il se rendait ni quoi que ce fût. Mais lorsqu'il n'était pas là, on observait les furtives allées et venues de la fille, toujours à deux doigts d'une histoire, et qui ne pouvait manquer de s'en attirer une tôt ou tard, même si Mme Burchett n'avait entendu parler de rien auparavant. Cela faisait un an qu'elle avait cessé de fréquenter l'école. Et, depuis un an, Burchett et sa femme croyaient qu'elle y allait tous les jours, alors qu'elle n'y mettait même pas les pieds. Tous les mois, on ne sait qui — un des garçons de l'école supérieure, sans doute, bien qu'elle n'eût jamais fait montre d'aucune préférence : écoliers, hommes mariés, tout lui était bon — lui procurait un bulletin qu'elle remplissait elle-même et rapportait à la maison pour le faire signer par Mme Burchett. Je n'arrive pas à comprendre à quel point ceux qui aiment une femme se laissent rouler par elle.

Elle quitta donc l'école et devint vendeuse au Prisunic. Elle venait chez le coiffeur se faire couper les cheveux, superlativement fardée, dans une espèce de petite robe de quatre sous aux couleurs impossibles qui la déshabillait, avec sa frimousse éveillée, son air à la fois hardi et réservé, et les boucles de ses cheveux gommés qui encadraient sa figure. Mais tous les produits qu'elle se fourrait dessus n'arrivaient pas à modifier cette teinte brun-jaune. Ses cheveux n'avaient pas changé le moins du monde. Elle n'allait pas toujours au fauteuil d'Hawkshaw. Même quand ce fauteuil était libre, elle prenait parfois l'un des autres, bavardait avec les coiffeurs, emplissant toute la boutique de bruit et de parfum, le peignoir haut troussé sur ses jambes. À ces moments-là, Hawkshaw ne la regardait pas. Même lorsqu'il était libre, il avait une façon de faire comme s'il ne l'était pas, pour se donner un air occupé dont il se couvrait comme d'un masque.

Les choses en étaient là lorsque, il y a quinze jours, il s'absenta pour son fameux congé d'avril, ce mystérieux voyage dont on n'essayait même plus, depuis dix ans, de découvrir la destination. J'arrivai à Jefferson deux ou trois jours après son départ et je me rendis chez le coiffeur. On était justement en train d'y parler d'elle et de lui.

« Lui fait-il toujours un cadeau à Noël ? demandai-je.

— Il y a deux ans, il a acheté, pour elle, un bracelet-montre, dit Matt Fox. Il l'a payé soixante dollars. »

Maxey était en train de raser un client. Il s'arrêta, le rasoir à la main, la lame couverte de mousse de savon. « Ben zut alors, fit-il. Fallait que dans ce temps-là... Vous vous figurez qu'il était le premier ; que c'est lui qui...

— Il ne le lui a pas encore donné, dit Matt sans se retourner.

— Sacré radin, fit Maxey. Un vieux qui rigole avec une jeunesse, c'est pas beau. Mais quand le type lui pose un lapin et lui donne peau de balle... »

À ce moment Matt se retourna. Il était également en train de raser un client. « Qu'est-ce que vous diriez si vous saviez que la raison pour laquelle il ne le lui a pas donné c'est qu'il la trouvait trop jeune pour recevoir des bijoux de quelqu'un qui n'est pas de sa famille ?

— Vous voulez dire qu'il ne sait pas ? Qu'il ne sait pas ce que tout le patelin, sauf peut-être M. et Mme Burchett, sait depuis trois ans ? »

Matt s'était remis au travail, son coude était agité d'un mouvement régulier, le rasoir glissait à petits coups rapides. « Comment voudriez-vous qu'il le sache ? Il n'y aurait qu'une femme pour lui dire ça. Il ne connaît pas de femme sauf Mme Cowan. Et elle se figure sans doute qu'il est au courant.

— Le fait est », dit Maxey.

Les choses en étaient là quand il partit en vacances il y a quinze jours. Je restai à Jefferson une journée et demie pour mes affaires et je partis. Vers le milieu de la semaine suivante j'arrivai à Division. Je n'étais pas pressé : je voulais lui donner le temps. Ce fut un mercredi matin que j'y arrivai.

II

Si jamais il y avait eu de l'amour dans tout cela, Hawkshaw semblait bien avoir oublié Susan. De l'amour qui mériterait ce nom, bien entendu. La première fois que je le vis, il y a de cela treize ans (je débutais dans le métier de commis voyageur, et je faisais le nord du Mississippi et l'Alabama avec un assortiment de chemises de travail et de salopettes), derrière un fauteuil, dans le salon de coiffure de Porterfield, je dis : « Il a tout du vieux garçon.

C'est un bonhomme qui est taillé pour rester célibataire, et il a quarante ans sonnés. »

Un petit homme au teint de rouquin — une de ces figures que, dix minutes après les avoir vues, on ne peut ni se rappeler ni reconnaître —, vêtu d'un complet de serge bleue, avec un nœud de cravate noir, un de ces nœuds tout faits qui s'attachent par-derrière et que l'on achète au bazar. Il avait encore, me dit Maxey, son même complet de serge bleue et sa même cravate noire quand il descendit à Jefferson, un an plus tard, portant une valise en simili-cuir, du train qui allait vers le sud. Et, lorsque je le revis à Jefferson, l'année suivante, derrière son fauteuil dans la boutique de Maxey, si ce n'eût été le fauteuil je ne l'aurais pas reconnu le moins du monde. Même figure, même cravate ; le diable m'emporte si on n'avait pas l'air de l'avoir pris, fauteuil, client et le reste, et déposé soixante milles plus loin sans qu'il se fût arrêté un instant de travailler. Il me fallut regarder la place par la fenêtre pour être bien certain que je n'étais pas moi-même à Porterfield et que l'on n'était pas un an plus tôt. Alors pour la première fois je me rendis compte que, quand j'avais été à Porterfield, il y avait à peu près six mois, il n'y était déjà plus.

Ce fut trois ans plus tard que j'appris son

histoire. Je me rendais à Division environ cinq fois par an. C'était un village composé d'un unique magasin, de quatre ou cinq maisons et d'une scierie, à la limite du Mississippi et de l'Alabama. Il y avait là une maison que j'avais remarquée. C'était une demeure de belle apparence, l'une des plus belles de l'endroit, et elle était toujours fermée. Quand j'arrivais à Division, à la fin du printemps ou au commencement de l'été, il y avait toujours des traces de travaux aux abords de la maison. La pelouse avait été débarrassée des mauvaises herbes, les massifs refaits, la clôture et le toit réparés. Puis, quand je retournais à Division en automne ou en hiver, la pelouse était de nouveau couverte de mauvaises herbes, et sans doute manquait-il aux clôtures quelques piquets que les gens avaient arrachés pour raccommoder leurs propres barrières, ou peut-être, je ne sais trop, pour faire du feu. Et la maison était toujours fermée ; la cheminée de la cuisine ne révélait jamais la moindre fumée. Un jour donc, je questionnai à ce sujet le patron du magasin et il me mit au courant de l'histoire.

La maison avait appartenu à un nommé Starnes, mais tous les gens de cette famille étaient morts. On les considérait comme du bon monde, parce qu'ils possédaient quelques terres, bien qu'hypothéquées. Starnes était un de ces êtres sans énergie auxquels il suffit d'être propriétaires tant qu'ils ont quelque chose à se mettre sous la dent et un peu de tabac. Ils avaient une fille qui s'était fiancée à un jeune homme, le fils d'un fermier locataire. Cela ne disait rien à la mère, mais cela n'avait pas l'air de déplaire à Starnes. Peut-être parce que le jeune homme — il s'appelait Stribling — était courageux et travailleur ; peut-être parce que Starnes était trop indolent pour s'y opposer. Quoi qu'il en soit, ils étaient fiancés. Stribling fit des économies et s'en alla à Birmingham pour apprendre le métier de coiffeur. Il fit une partie du voyage dans des camions et le reste à pied, et il revint tous les étés voir la jeune fille.

Puis, un jour, Starnes mourut, assis dans son fauteuil sur le perron. Les gens dirent qu'il était trop paresseux pour avoir l'énergie de continuer à vivre. On fit venir Stribling. J'appris qu'il s'était fait une assez belle clientèle personnelle dans un salon de coiffure de Birmingham, et qu'il mettait de l'argent de côté. On me raconta qu'il avait déjà choisi l'appartement et versé un acompte pour le mobilier et diverses autres choses, et qu'il avait l'intention de se marier l'été d'après. Il revint. La seule façon dont Starnes eût jamais gagné quelque argent avait consisté à hypothéquer ses biens ; ce fut donc Stribling qui paya les obsèques. Cela coûta cher, plus cher que ne valait Starnes, mais il fallait se concilier les bonnes grâces de Mme Starnes. Et Stribling dut recommencer à faire des économies.

Mais il avait déjà loué l'appartement, versé un acompte pour le mobilier et l'alliance, payé pour la dispense de bans, lorsqu'on le fit de nouveau venir en toute hâte. Cette fois c'était la jeune fille. Elle avait je ne sais quelle fièvre. Ces gens de la campagne, vous savez ce que c'est. Pas de médecins, ou, s'il y en a, ils sont tout au plus capables de soigner les bêtes. S'il s'agit d'une coupure ou d'un coup de fusil, ça va tout seul. Mais si on a attrapé un mauvais rhume, on peut aussi bien en guérir que mourir deux jours après du choléra. Lorsque Stribling arriva, elle délirait. Il fallut lui couper les cheveux. Ce fut Stribling qui s'en chargea ; il était pour ainsi dire tout désigné pour cela, étant spécialiste et déjà presque membre de la famille. C'était, me dit-on, une de ces filles maigriottes et délicates avec un tas de cheveux plats ni bruns ni blonds.

Elle ne le reconnut pas, ne sut jamais que c'était lui qui lui avait coupé les cheveux. Elle mourut ainsi, sans le savoir, sans même se rendre compte, sans doute, qu'elle mourait. Elle ne cessait de dire : « Prenez soin de maman. L'hypothèque. Papa n'aurait pas aimé qu'on la laisse comme cela. Fais venir Henry. (C'était lui Henry Stribling, c'était Hawkshaw. Je le vis l'année suivante à Jefferson. "Alors, lui dis-je, c'est vous Henry Stribling ?") L'hypothèque. Prenez soin de maman. Fais venir Henry. L'hypothèque. Fais venir Henry. » Puis elle mourut. Il y avait une photographie d'elle, la seule que l'on possédât. Hawkshaw l'envoya, avec une mèche de cheveux qu'il avait lui-même coupée, à une adresse qu'il avait prise dans un journal agricole, afin que l'on fît un cadre de cheveux à la photographie. Mais le tout se perdit en route, cheveux et photographie. En tout cas, il ne put jamais rentrer en possession ni de l'un ni de l'autre.

Il fit enterrer la jeune fille également à ses frais, et, l'année suivante (il avait dû retourner à Birmingham pour résilier le bail de l'appartement qu'il avait loué et se débarrasser du mobilier, afin de recommencer à faire des économies), il fit poser une pierre sur sa tombe. Puis il repartit, et le bruit courut qu'il avait quitté le salon de coiffure de Birmingham. Il le quitta tout simplement et disparut. Tout le monde disait qu'il aurait pu devenir propriétaire du salon de coiffure. Mais il le quitta, et, au mois d'avril, juste avant l'anniversaire de la mort de la jeune fille, il reparut. Il vint rendre visite à Mme Starnes et repartit quinze jours plus tard.

Après son départ, on sut qu'il s'était arrêté à la banque du chef-lieu pour payer les intérêts de l'hypothèque. Il fit de même chaque année jusqu'à la mort de Mme Starnes. Par hasard, elle mourut alors qu'il était là. Il passait toujours une quinzaine de jours à nettoyer la propriété, à faire les réparations utiles, afin qu'elle fût en bon état pour l'année. Et Mme Starnes le laissait faire, parce qu'elle était de meilleure naissance que lui et qu'il n'était qu'un parvenu. Puis, à son tour, elle mourut. « Vous savez ce que Sophie vous a demandé de faire, dit-elle. Cette hypothèque. M. Starnes s'en inquiétera quand je le verrai. »

Il la fit donc enterrer elle aussi ; et il fit les frais d'une autre pierre tombale pour la tranquilliser. Puis il commença à rembourser le capital de l'hypothèque. Starnes avait de la famille dans l'Alabama. Les gens de Division s'attendaient à ce que ces parents vinssent faire valoir leurs droits sur la propriété. Mais lesdits parents attendaient sans doute qu'Hawkshaw eût fini de rembourser l'hypothèque. Il versait un acompte chaque année lorsqu'il revenait nettoyer la propriété. On disait qu'il nettoyait l'intérieur de la maison avec autant de soin qu'une femme, qu'il la lavait et l'astiquait de haut en bas. Il y mettait quinze jours chaque année au mois d'avril, puis il repartait, personne ne savait où, pour revenir chaque année verser un acompte et nettoyer cette maison vide qui ne lui avait jamais appartenu.

Il y avait environ cinq ans qu'il faisait cela lorsque je le vis dans le salon de coiffure de Maxey à Jefferson, l'année d'après que je l'avais vu chez un coiffeur de Porterfield, avec son complet de serge et son nœud de cravate noir tout fait. Il était ainsi vêtu, me dit Maxey, le jour où il descendit à Jefferson de ce train allant vers le sud, avec cette valise en similicuir. Pendant deux jours, me conta Maxey, on le vit flâner autour de la place : il semblait ne connaître personne, n'avoir rien à faire et n'être pas pressé, il se promenait autour de la place comme s'il musardait.

C'étaient les jeunes godelureaux qui lui avaient donné ce nom, les fainéants qui jouent au bouchon avec des dollars à longueur de journée dans la cour du Palais de Justice, en attendant que les filles viennent, vers la fin de l'après-midi, avec des petits rires en dessous, à la poste ou au distributeur de sodas, en tortillant des fesses sous leurs robes, et en laissant derrière elles un sillage de parfum. Ils dirent qu'il était policier, sans doute parce que c'était bien la dernière chose du monde qu'on aurait pu penser de lui. Ils le nommèrent donc Hawkshaw, et, pendant les douze années qu'il passa à Jefferson derrière son fauteuil dans le salon de coiffure de Maxey, il resta Hawkshaw. Il déclara à Maxey qu'il était de l'Alabama.

« De quel côté ? demanda Maxey. C'est grand l'Alabama. De Birmingham ? ajouta Maxey, parce que Hawkshaw avait l'air de venir de n'importe où excepté de Birmingham.

— Oui, répondit Hawkshaw, de Birmingham. »

Et ce fut tout ce que l'on sut jamais avant qu'il m'advînt de le remarquer derrière son fauteuil et que je me souvinsse de l'avoir vu à Porterfield.

« Porterfield ? demanda Maxey. C'est mon beau-frère qui tient le salon de coiffure. Vous dites que vous avez travaillé à Porterfield l'année dernière ?

— Oui, fit Hawkshaw. C'est là que j'étais. »

Maxey me parla de la question du congé et me dit qu'Hawkshaw préférait ne pas prendre ses vacances en été, qu'il aimait mieux avoir à la place quinze jours au mois d'avril. Il ne voulait pas dire pourquoi. Maxey lui fit remarquer que le mois d'avril était un mois où il y avait trop de travail pour qu'il pût lui accorder un congé, et Hawkshaw proposa de travailler jusqu'à ce moment-là, puis de s'en aller définitivement. « Alors vous voulez me lâcher ? » demanda Maxey. C'était l'été d'après que Mme Burchett avait amené Susan Reed à son salon de coiffure pour la première fois.

« Non, dit Hawkshaw. Je me plais bien chez vous. Je tiens seulement à pouvoir m'absenter quinze jours en avril.

— Pour affaires ? demanda Maxey.

— Pour affaires », répondit Hawkshaw.

Lorsque Maxey prit ses vacances, il alla à Porterfield voir son beau-frère. Peut-être passa-t-il ses vacances à raser les clients de celui-ci, comme ces marins qui trouvent leurs délices à passer les leurs en canot sur un lac artificiel. Le beau-frère lui dit qu'Hawkshaw avait travaillé chez lui, n'avait pas voulu prendre de congé avant le mois d'avril, était parti et n'était jamais revenu. « Il te plaquera de la même façon, dit le beau-frère. Il a travaillé pendant un an chez un coiffeur à Bolivar dans le Tennessee, puis chez un autre à Florence et les a quittés de la même manière. Il ne reviendra pas. Attends et tu verras. »

Maxey rentra chez lui et finit par apprendre d'Hawkshaw qu'il avait travaillé pendant une année dans six ou huit localités différentes de l'Alabama et du Mississippi. « Pourquoi avez-vous quitté vos patrons ? demanda Maxey. Vous êtes bon coiffeur, l'un des meilleurs coiffeurs pour enfants que j'aie jamais connus. Pourquoi les avez-vous quittés ?

— Simplement pour voir du pays », répondit Hawkshaw.

Puis vint le mois d'avril et il prit ses quinze jours de congé. Il se rasa, boucla sa valise en carton et prit le train qui va vers le nord.

« Vous allez voir quelqu'un, probablement, dit Maxey.

— Faire un petit tour par là-bas », répondit Hawkshaw.

Il partit donc, toujours avec son complet de serge et sa cravate noire. Deux jours après, me raconta Maxey, on apprit qu'Hawkshaw avait retiré de la banque ses économies de l'année. Il prenait pension chez Mme Cowan, fréquentait assidûment l'église et ne dépensait pas un sou. Il ne fumait même pas. C'est pourquoi Maxey et Matt, et j'imagine, tous les gens de Jefferson, pensèrent qu'il avait mis de l'argent de côté pendant un an et qu'il s'en allait à présent passer en catimini son congé dans les maisons closes de Memphis. Mitch Ewing, l'employé aux messageries de la gare, demeurait également chez Mme Cowan. Il dit qu'Hawkshaw avait pris son billet seulement jusqu'à la bifurcation des lignes. « De là, il peut aller ou à Birmingham, ou à Memphis, ou à La Nouvelle-Orléans, expliqua Mitch.

— Eh bien, en tout cas, il est parti, fit Maxey. Et, croyez-moi, on ne le reverra plus dans notre ville. »

Ce fut ce que tout le monde crut pendant deux semaines. Le quinzième jour, Hawkshaw arriva au salon de coiffure à son heure habituelle, comme s'il n'avait jamais quitté la ville, enleva son veston et se mit à repasser ses rasoirs. Il ne dit jamais à personne où il était allé. Il avait seulement fait un petit tour par là-bas.

Quelquefois, j'avais envie de tout leur raconter. J'arrivais à Jefferson, je le trouvais là derrière son fauteuil. Il ne changeait pas, son visage ne vieillissait pas, pas plus que ne changeait la couleur des cheveux de la petite Reed malgré toute la gomme et toute la teinture qu'elle fourrait dessus. Mais il était là, rentré de son « petit tour par là-bas », à économiser pendant une année, à aller tous les dimanches à l'église, à réserver ce fameux sac de bonbons à la menthe pour les enfants qui venaient se faire couper les cheveux par lui, jusqu'à ce que le moment arrivât de prendre sa valise en carton et ses économies d'une année et de retourner à Division verser un acompte sur l'hypothèque et nettoyer la maison.

Parfois, quand j'arrivais à Jefferson, il était parti, et Maxey me racontait la façon dont il coupait les cheveux à la petite Reed ; il en enlevait un peu ici, un peu là, et tenait le miroir pour qu'elle pût voir, comme si elle eût été une actrice. « Il ne la laisse pas payer, dit Matt Fox. C'est lui qui paye lui-même de sa poche les vingt-cinq *cents* et les met dans la caisse.

— Eh bien, c'est son affaire, fit Maxey. Tout ce que je vois là-dedans ce sont les vingt-cinq *cents*. Je me fiche pas mal d'où ils viennent. »

Cinq ans après, j'aurais peut-être dit : « C'est probablement son tarif. » Parce qu'elle avait fini par être enceinte. On le disait du moins, quant à moi je n'en sais rien, si ce n'est que les bruits qu'on fait courir au sujet des jeunes filles ou des femmes ne sont la plupart du temps que jalousie et revanche de la part de celles qui n'osent pas en faire autant, ou n'en ont pas trouvé l'occasion. Mais au mois d'avril, à l'époque où il était absent, on chuchotait qu'elle avait fini par être enceinte, qu'elle avait essayé de se faire avorter avec de la térébenthine et qu'elle était très malade.

En tout cas, pendant à peu près trois mois

on ne la vit plus dans les rues. Quelques-uns disaient qu'elle était dans un hôpital à Memphis, et quand elle vint de nouveau au salon de coiffure, ce fut le fauteuil de Matt qu'elle choisit, bien qu'à ce moment-là celui d'Hawkshaw fût libre, pour tourmenter celui-ci, peut-être, comme elle l'avait déjà fait. Maxey dit qu'elle avait l'air d'un spectre fardé, qu'elle paraissait décharnée et maladive, malgré sa robe aux couleurs criardes et tout le reste, tandis qu'assise dans le fauteuil de Matt elle remplissait toute la boutique de son caquetage et de ses rires, de son parfum et de ses longues jambes qui semblaient toujours nues, et qu'Hawkshaw à côté de son fauteuil vide faisait semblant d'être très occupé.

Quelquefois j'avais envie de tout leur dire. Mais je ne l'ai jamais dit qu'à Gavin Stevens. Il est l'attorney du district, c'est un homme intelligent, il ne ressemble pas à la moyenne de ces cuistres de gens de lois et autres procéduriers. Il est diplômé d'Harvard, et, lorsque ma santé déclina (j'étais, avant ma maladie, comptable dans une banque de Gordonville, et ce fut dans le train de Memphis, alors que je sortais de l'hôpital, que je fis la connaissance de Stevens), ce fut lui qui me conseilla de tâter du métier de voyageur de commerce et qui m'obtint une place dans la compagnie à laquelle j'appartiens actuellement. Je lui racontai cette histoire il y a deux ans. « Et maintenant la fille a mal tourné et il est trop âgé pour en chercher une autre à relever, dis-je. Il aura bien quelque jour fini de payer cette maison ; alors les Starnes de l'Alabama viendront la lui prendre et ce sera pour lui la fin de tout. À votre avis, que va-t-il faire ?

— Je n'en sais rien, répondit Stevens.

— Il s'en ira sans doute mourir dans quelque coin, hasardai-je.

— Peut-être, répondit Stevens.

— Eh bien, il ne sera pas le premier à se battre avec les moulins à vent.

— Il ne sera pas non plus le premier à mourir », conclut Stevens.

III

La semaine dernière, je me rendis à Division. J'y arrivai le mercredi. Quand j'aperçus la maison, je vis qu'on venait de la repeindre. Le patron du magasin m'apprit qu'Hawkshaw avait versé le dernier acompte : l'hypothèque de Starnes était liquidée. « Si bien que, maintenant, les Starnes de l'Alabama peuvent venir lui prendre la maison, ajouta-t-il.

— En tout cas, dis-je, Hawkshaw a fait ce qu'il lui avait promis, ce qu'il avait promis à Mme Starnes.

— Hawkshaw ? questionna-t-il. Est-ce ainsi qu'on l'appelle ? Hawkshaw ? Mince alors ! »

Je ne retournai à Jefferson que trois mois plus tard. En passant devant le salon de coiffure, je jetai, sans m'arrêter, un coup d'œil à l'intérieur. Il y avait derrière le fauteuil d'Hawkshaw un autre coiffeur, un jeune. « Je serais curieux de savoir si Hawk a laissé son sac de bonbons à la menthe », me dis-je. Mais je ne m'arrêtai pas. Je pensai seulement : « Eh bien, le voilà tout de même parti », tout en me demandant en quel endroit il pourrait bien être quand il se ferait vieux et ne pourrait plus se déplacer. Il mourrait sans doute derrière un fauteuil chez un coiffeur de dixième ordre dans quelque trou de campagne, en manches de chemise avec son éternel nœud de cravate noir et son pantalon de serge.

J'allai visiter mes clients, puis déjeuner, et, l'après-midi, je me rendis au bureau de Stevens. « J'ai vu que vous aviez un nouveau coiffeur dans le patelin, dis-je.

— Oui », fit Stevens. Il me regarda un instant, puis il ajouta : « On ne vous a donc rien dit ?

— Dit quoi ? » demandai-je. Il détourna les yeux.

« J'ai bien reçu, fit-il, la lettre dans laquelle vous me disiez qu'Hawkshaw avait fini de rembourser l'hypothèque et repeint la maison. Contez-moi ça. »

Je lui racontai donc que j'étais arrivé à Division le lendemain du départ d'Hawkshaw. On ne parlait que de lui sous la tente du magasin, et l'on se demandait quand, exactement, viendraient les Starnes de l'Alabama. Il avait repeint lui-même la maison, il avait nettoyé les deux tombes ; il n'avait sans doute pas voulu déranger Starnes en nettoyant la sienne. J'allai les voir. Il avait même gratté les pierres et planté un pommier d'amour sur la tombe de la jeune fille. Le pommier était en fleur et tout ce que les gens disaient d'Hawkshaw piqua si bien ma curiosité que j'eus envie de visiter l'intérieur de la maison. C'était le patron du magasin qui avait la clef et il me dit qu'Hawkshaw n'y verrait sans doute aucun inconvénient.

L'intérieur était aussi net que celui d'un hôpital. Le fourneau était astiqué et brillant, le coffre à bois rempli. Le patron du magasin me confia que, chaque année avant de partir, Hawkshaw remplissait le coffre à bois. « Les parents de l'Alabama apprécieront cela », dis-je. Nous passâmes dans le salon. Il y avait dans un coin un harmonium, et, sur la table, une lampe et une Bible. La lampe n'avait pas un grain de poussière ; le récipient vide et méticuleusement nettoyé ne dégageait pas la moindre odeur de pétrole. La dispense de bans dans un cadre était accrochée au-dessus de la cheminée comme un tableau. Elle était datée du 4 avril 1905.

« C'est ici que se trouve le compte de l'hypothèque », dit le patron du magasin (il se nomme Bidwell). Il se dirigea vers la table, ouvrit la Bible. À la page de garde figuraient sur deux colonnes les naissances et les décès. La jeune fille s'appelait Sophie. Je trouvai son nom dans la colonne des naissances. Il était l'avant-dernier de la colonne des décès, écrit de la main de Mme Starnes. On aurait dit qu'elle avait mis dix minutes à l'écrire :

Sofie Starnes Mort le 16 avrile 1905.

Hawkshaw avait écrit lui-même le dernier nom, d'une écriture nette et moulée de bureaucrate :

Mrs Will Starnes. 23 avril 1916.

« Le compte doit se trouver à la fin du livre », dit Bidwell.

Nous retournâmes le volume. C'était là qu'il était, clairement disposé sur une colonne. Il commençait par : 16 avril 1917, dollars, 200,00. Chacune des lignes suivantes enregistrait l'un des acomptes successifs qu'il avait versés à la banque : 16 avril 1918, dol. 200,00 ; 16 avril

1919, dol. 200,00 ; 16 avril 1920, dol. 200,00, et ainsi de suite jusqu'au dernier acompte : 16 avril 1930, dol. 200,00. Puis il avait fait le total au bas de la colonne et écrit au-dessous :

« Fini de payer. 16 avril 1930. »

On eût dit l'un de ces modèles qui figuraient sur les cahiers des écoles commerciales d'autrefois ; une phrase que la plume aurait claironnée malgré lui. Elle n'avait pas l'air d'avoir été écrite par vantardise ; simplement terminée par un parafe semblable à un air de bravoure, comme si elle eût jailli de sa plume, pour ainsi dire, avant qu'il pût l'arrêter.

« Ainsi il a fait ce qu'il avait promis à Mme Starnes, dit Stevens.

— C'est ce que j'ai dit à Bidwell », fis-je.

Stevens continua de parler comme s'il ne m'écoutait pas.

« La vieille dame pouvait donc reposer en paix. C'était sans doute cela que la plume essayait d'exprimer quand elle échappait de la main d'Hawkshaw : que, maintenant, elle pouvait dormir tranquille. Et il n'a pas beaucoup plus de quarante-cinq ans. Pas trop, en tout cas. Pas trop pour que, après avoir écrit au bas de la colonne : "Fini de payer", le temps et le désespoir ne continuent pas de couler pour lui, aussi lents, aussi sombres que pour n'importe quel garçon couronné ou n'importe quelle fille sans cimier ni couronne.

— Seulement la fille a mal tourné, dis-je. À quarante-cinq ans il est un peu tard pour partir à la recherche d'une autre. Il en aura au moins cinquante-cinq avant de la trouver. »

À ce moment, Stevens me regarda. « Je croyais que vous ne saviez rien, dit-il.

— Si, répondis-je. C'est-à-dire qu'en passant j'ai regardé dans la boutique du coiffeur. Mais je savais qu'il serait parti. J'ai toujours été persuadé qu'il partirait dès que cette hypothèque serait remboursée. Peut-être, en tout cas, n'a-t-il jamais su ce qu'était cette fille. Ou, sans doute, le savait-il, mais ça lui était égal.

— Vous croyez qu'il ne l'a jamais su ?

— Je ne vois pas comment il aurait pu l'ignorer. Mais je n'en suis pas sûr. Qu'en pensez-vous ?

— Je ne sais pas. Il me paraît difficile de le savoir. Mais je connais quelque chose de plus intéressant que cela.

— Quoi donc ? demandai-je. Vous persistez à me dire que je n'ai pas appris la nouvelle. Qu'est-ce donc qu'il me reste à apprendre ?

— C'est de la fille qu'il s'agit », dit Stevens. Il me regarda. « Le soir où Hawkshaw est rentré, à la fin de son dernier congé, ils se sont mariés. Cette fois il l'a emmenée avec lui. »

Soleil couchant

I

Aujourd'hui, à Jefferson, le lundi ne diffère pas des autres jours de la semaine. Les rues sont goudronnées maintenant et les compagnies de téléphone et d'électricité coupent chaque jour un peu plus d'arbres — chênes, érables, acacias, ormes — pour les remplacer par des poteaux en fonte porteurs de grappes de raisins boursouflés, spectraux, exsangues, et nous avons une blanchisserie municipale qui fait sa tournée le lundi matin, entassant les paquets de linge dans des autos spéciales peintes de couleur vive : le linge sale de toute une semaine s'enfuit maintenant comme un fantôme derrière d'alertes et irascibles trompes électriques, avec un long bruit décroissant de caoutchouc et d'asphalte semblable à la soie qu'on déchire ; et même les Noires, qui, comme autrefois, lavent le linge des Blancs, viennent le chercher et le rapportent en automobile.

Mais, il y a quinze ans, le lundi matin, les rues paisibles, poudreuses et ombragées regorgeaient de Noires portant en équilibre sur leur tête immobile et enturbannée des paquets de linge, noués dans des draps, presque aussi gros que des balles de coton. Elles les portaient ainsi, sans y mettre la main, entre la porte de la cuisine des maisons blanches et la lessiveuse enfumée, près de la porte de leur case, dans le quartier noir.

Nancy plaçait son ballot sur sa tête, puis, sur le ballot, elle posait le chapeau marin en paille noire qu'elle portait hiver comme été. Elle était grande, avec un long visage triste, légèrement rentré là où manquaient des dents. Parfois, nous l'accompagnions un moment dans l'allée et à travers la prairie pour regarder le ballot qui se balançait et le chapeau qui ne tressautait ni ne vacillait jamais, même quand elle descendait dans le fossé et remontait de l'autre côté, même quand elle se baissait pour franchir la clôture. Elle se mettait à quatre pattes et rampait par le trou, la tête droite, rigide, le ballot aussi ferme qu'un roc ou un ballon, puis elle se relevait et continuait sa route.

Parfois, le mari des blanchisseuses allait chercher le linge et le rapportait, mais Jésus ne fit jamais cela pour Nancy, même avant le jour où notre père lui interdit de s'approcher de chez nous, même lors de la maladie de Disley, quand Nancy venait faire notre cuisine.

Le plus souvent il nous fallait alors descendre le sentier jusqu'à la case de Nancy pour lui dire de venir préparer notre petit déjeuner. Nous nous arrêtions au fossé parce que notre père nous avait bien recommandé de n'avoir aucun rapport avec Jésus — c'était un petit homme noir, la figure balafrée d'un coup de rasoir — et nous jetions des pierres sur la maison de Nancy jusqu'à ce qu'elle vînt, nue, passer sa tête par l'entrebâillement de la porte.

« Qu'est-ce que c'est que ces manières, jeter des pierres sur ma maison ! disait Nancy. Qu'est-ce que c'est que ça, petits démons ?

— Papa te fait dire de venir préparer le déjeuner, disait Caddy. Papa dit que ça fait déjà une demi-heure et qu'il faut venir tout de suite.

— Y a pas de déjeuner qui tienne, disait Nancy. J'veux dormir tout mon content.

— Je parie que t'es saoule, disait Jason. Papa dit que t'es saoule. T'es saoule, Nancy ?

— Qui dit ça ? disait Nancy. J'veux dormir tout mon content. Y a pas de déjeuner qui tienne. »

Alors, au bout d'un instant, nous cessions de lancer des pierres sur la case et nous retournions chez nous. Quand elle se décidait à arriver, il était déjà trop tard pour que j'aille à l'école. Nous pensions que c'était la faute du whisky jusqu'au jour où, ayant été de nouveau arrêtée, elle croisa Mr Stovall comme on la menait en prison. Mr Stovall était caissier à la banque et diacre au temple baptiste ; et Nancy se mit à dire :

« Eh, vous, le Blanc, quand c'est-il que vous allez me payer ? Quand c'est-il que vous allez me payer ? Voilà trois fois qu'vous m'payez pas un *cent*... » Mr Stovall la jeta par terre, mais elle répétait toujours : « Quand c'est-il que vous allez me payer ? Voilà trois fois qu'vous... » Finalement, Mr Stovall lui donna un coup de talon dans la bouche, et le sergent de ville fit reculer Mr Stovall, et Nancy riait, couchée dans la rue. Elle avait tourné la tête, craché du sang et des dents, et dit : « C'est la troisième fois qu'il n'me paie pas un *cent.* »

C'est ainsi qu'elle perdit ses dents. Et, toute la journée, on ne parla que de Nancy et de

Mr Stovall, et, toute la nuit, ceux qui passèrent devant la prison purent entendre Nancy chanter et hurler. Ils purent voir ses mains crispées aux barreaux de la fenêtre, et beaucoup s'arrêtaient le long de la palissade pour les écouter, elle et le geôlier qui s'efforçait de la faire taire. Elle ne se tut qu'à l'aube. C'est alors que le geôlier commença à entendre des coups et des grattements au-dessus de sa tête. Il monta et trouva Nancy pendue à un barreau de la fenêtre. Il dit que c'était la cocaïne et non pas le whisky, car jamais un nègre ne tenterait de se suicider à moins qu'il ne soit plein de cocaïne, parce qu'un nègre plein de cocaïne n'est plus un nègre.

Le geôlier coupa la corde et ranima Nancy, puis il la battit, la fouetta. Elle s'était pendue avec sa robe. Elle avait bien pu l'assujettir, mais, au moment de son arrestation, elle n'avait que sa robe sur elle, elle n'avait donc rien pour s'attacher les mains, et elle n'avait pas pu leur faire lâcher l'appui de la fenêtre. C'est pourquoi le geôlier avait entendu du bruit et était monté. Et il avait trouvé Nancy pendue à la fenêtre, nue comme un ver, le ventre un peu gonflé déjà, comme un petit ballon.

Quand Dilsey était malade, dans sa case, et que Nancy venait nous faire la cuisine, nous pouvions remarquer que son tablier était bombé. C'était avant que notre père ait dit à Jésus de ne plus venir chez nous. Jésus était dans la cuisine, assis derrière le fourneau, avec, sur sa face noire, sa balafre qui ressemblait à un bout de ficelle sale. Il dit que c'était un melon d'eau que Nancy avait sous sa robe.

« En tout cas, la tige d'où il est sorti, c'est pas la tienne, dit Nancy.

— Quelle tige ? dit Caddy.

— J'pourrais bien la couper un jour, la tige d'où il est sorti, dit Jésus.

— Qu'est-ce qui te prend de parler comme ça devant ces enfants ? dit Nancy. Pourquoi qu'tu n'vas pas travailler ? T'as fini de manger. Tu veux que Mr Jason te trouve là, à traînasser dans sa cuisine, à parler de cette façon devant ces enfants ?

— Parler de quelle façon ? dit Caddy. Quelle tige ?

— J'peux pas traînasser dans la cuisine des Blancs, dit Jésus, mais les Blancs peuvent bien traînasser dans la mienne. Les Blancs peuvent venir dans ma maison et j'peux pas les en empêcher. Quand un Blanc veut venir dans ma maison, je n'ai plus de maison. J'peux pas l'en empêcher mais lui, il n'peut pas me déloger. Ça non, il n'peut pas l'faire. »

Dans sa case, Dilsey était toujours malade, et papa a dit à Jésus de ne plus venir chez nous. Dilsey était toujours malade. Depuis longtemps. Nous étions dans la bibliothèque, après le dîner.

« Nancy n'a pas encore fini, dans la cuisine ? dit maman. Il me semble qu'elle a eu tout le temps de faire sa vaisselle.

— Que Quentin aille voir, dit notre père. Quentin, va voir si Nancy a fini. Dis-lui qu'elle peut rentrer chez elle. »

J'allai à la cuisine. Nancy avait fini. La vaisselle était rangée, et le feu était éteint. Nancy était assise sur une chaise, tout contre le fourneau refroidi. Elle me regarda.

« Maman veut savoir si tu as fini, dis-je.

— Oui », dit Nancy. Elle me regardait. « J'ai fini. » Elle me regardait.

« Qu'est-ce qu'il y a ? dis-je. Qu'est-ce qu'il y a ?

— Je suis qu'une négresse, dit Nancy, ça n'est pas de ma faute. »

Elle me regardait, assise sur sa chaise devant le fourneau refroidi, son chapeau de marin sur la tête. Je retournai dans la bibliothèque. Tout cela, ce fourneau refroidi, la cuisine qu'on s'imagine toujours chaude, gaie, affairée. Et ce fourneau tout froid, et la vaisselle rangée, et, à cette heure-là, personne avec envie de manger.

« A-t-elle fini ? dit notre mère.

— Oui, dis-je.

— Qu'est-ce qu'elle fait ? dit notre mère.

— Elle ne fait rien. Elle a fini.

— Je vais voir, dit notre père.

— Elle attend peut-être que Jésus vienne la chercher, dit Caddy.

— Jésus est parti », dis-je. Nancy nous avait raconté qu'un matin elle s'était réveillée, et Jésus était parti.

« Il m'a quittée, avait dit Nancy. Il est parti à Memphis, je crois. Il va éviter la police municipale pendant un moment, m'est avis.

— Bon débarras, dit notre père. J'espère qu'il restera où il est.

— Nancy a peur dans le noir, dit Jason.

— Comme toi, dit Caddy.

— Moi, non, dit Jason.

— Poule mouillée, dit Caddy.

— Moi, non, dit Jason.

— Candace, voyons », dit notre mère. Notre père revint.

« Je vais raccompagner Nancy, dit-il. Elle dit que Jésus est revenu.

— L'a-t-elle vu ? dit notre mère.

— Non. C'est un Noir qui l'a prévenue qu'il était de retour en ville. Je ne serai pas long.

— Tu vas me laisser seule pour raccompagner Nancy, dit notre mère. Sa sécurité t'est donc plus précieuse que la mienne ?

— Je ne serai pas long, dit notre père.

— Tu vas laisser ces enfants ici, sans protection, avec ce nègre dans le voisinage ?

— J'y vais moi aussi, dit Caddy. Père, laissez-moi aller avec vous.

— Qu'est-ce qu'il en ferait s'il avait le malheur de les avoir ? dit notre père.

— J'veux y aller moi aussi, dit Jason.

— Jason ! » dit notre mère. Elle s'adressait à notre père. On le sentait à sa manière de prononcer le nom. Comme si elle croyait que notre père avait réfléchi tout le jour pour trouver la chose qui lui serait le plus désagréable, comme si elle n'avait jamais douté qu'il finirait par la trouver. Je ne dis rien, parce que papa et moi savions tous deux que ma mère lui demanderait de me laisser avec elle, si elle y pensait à temps. Mon père ne me regardait même pas. J'étais l'aîné. J'avais neuf ans. Caddy sept, et Jason cinq.

« C'est absurde, dit notre père. Ce ne sera pas long. »

Nancy était coiffée de son chapeau. Nous sommes arrivés près du sentier. « Jésus a toujours été bon pour moi, dit Nancy. Chaque fois qu'il avait deux dollars, il y en avait un pour moi. » Nous nous sommes engagés dans le sentier. « Si j'arrive au bout de ce sentier, dit Nancy, tout ira bien. »

Le sentier était toujours noir. « C'est ici que Jason a eu peur, le soir de Halloween, dit Caddy.

— C'est pas vrai, dit Jason.

— La mère Rachel ne peut donc rien faire de lui ? » dit notre père. La mère Rachel était vieille. Elle habitait seule dans une case derrière celle de Nancy. Elle avait des cheveux blancs et, toute la journée, elle fumait sa pipe sur le pas de sa porte. Elle ne travaillait plus. On disait qu'elle était la mère de Jésus. Parfois elle l'admettait, d'autres fois, elle disait qu'elle n'était même pas parente.

« Si, c'est vrai, dit Caddy. T'avais plus peur que Frony. T'avais même plus peur que T.P. T'avais plus peur que les nègres.

— On ne peut rien faire de lui, dit Nancy. Il dit que j'ai réveillé le diable en lui, et qu'il n'y a qu'une chose pour le faire rendormir.

— Enfin, il est parti, dit notre père. Tu n'as donc plus rien à craindre. Seulement tu ferais mieux de laisser un peu les Blancs tranquilles.

— Laisser les Blancs tranquilles ? dit Caddy. Comment qu'on peut laisser les Blancs tranquilles, papa ?

— Il est pas parti, dit Nancy. Je sens qu'il est là. Je le sens en ce moment même, là, dans le sentier. Il nous entend parler, chaque mot, caché quelque part, aux aguets. Je ne l'ai pas revu, et je ne le reverrai qu'une seule fois, avec ce rasoir dans la bouche. Ce rasoir pendu dans le dos, à une ficelle, sous sa chemise. Et je ne serai même pas étonnée.

— J'avais pas peur, dit Jason.

— Si tu t'étais tenue comme il faut, tout ça ne serait pas arrivé, dit notre père. Mais il n'y a plus de danger. Il est probablement à Saint Louis à l'heure qu'il est. Il a probablement une autre femme maintenant, et il ne pense plus à toi.

— S'il est avec une autre, vaut autant que j'en sache rien, dit Nancy. J'me tiendrais là, juste au-dessus d'eux, chaque fois qu'il la toucherait, j'lui couperais le bras. J'lui couperais la tête, et à elle, j'lui fendrais le ventre et j'y fourrerais…

— Chut, dit notre père.

— À qui que tu fendrais le ventre, Nancy ? dit Caddy.

— J'avais pas peur, dit Jason. Je descendrais bien le sentier tout seul.

— Ah oui ? dit Caddy. T'oserais même pas y mettre le pied, si nous n'étions pas avec toi. »

II

Dilsey était toujours malade, et, chaque soir, nous ramenions Nancy chez elle, si bien que notre mère dit un jour : « Est-ce que ça va durer longtemps ? Me laisser seule ainsi, dans cette grande maison, pour accompagner une négresse peureuse ! »

On dressa un lit de camp dans la cuisine pour Nancy. Une nuit, nous nous sommes réveillés en entendant le bruit. Ce n'était pas un chant, ce n'étaient pas des pleurs, ça montait l'escalier obscur. Il y avait de la lumière dans la chambre de notre mère, et nous avons entendu notre père qui suivait le couloir et descendait par l'escalier de service, et Caddy et moi, nous sommes sortis dans le corridor. Le plancher était froid. Tandis que nous écoutions le bruit, nos orteils se recroquevillaient. On aurait dit un chant et pourtant ça ne ressemblait pas à un chant, aux sons que les Noirs émettent.

Puis, ça s'est arrêté, et nous avons entendu notre père descendre l'escalier de service, et nous nous sommes avancés jusqu'au haut de l'escalier. Alors, le bruit a recommencé dans la cage de l'escalier, pas très fort, et nous avons aperçu les yeux de Nancy, à mi-hauteur dans l'escalier, tout contre le mur. Ils ressemblaient à des yeux de chat, comme un gros chat contre le mur qui nous aurait regardés. Quand nous sommes descendus vers elle, elle a cessé son bruit, et nous sommes restés là, sans bouger, jusqu'à ce que notre père soit remonté de la cuisine, son revolver à la main. Il est redescendu avec Nancy et ils sont revenus avec le lit de Nancy.

Nous avons dressé le lit dans notre chambre. Une fois la lumière éteinte dans la chambre de notre mère, nous avons pu voir les yeux de Nancy. « Nancy, murmura Caddy, tu dors, Nancy ? »

Nancy murmura quelque chose : oh, ou *no*, je ne sais pas. Comme si personne ne l'avait dit, comme si ça ne venait de nulle part pour s'en aller nulle part, au point que Nancy semblait n'être plus là. Et j'avais regardé ses yeux si fixement, dans l'escalier, qu'ils s'étaient imprimés dans mes prunelles, comme fait le soleil quand on a fermé les yeux et que le soleil n'est plus là. « Jésus, murmura Nancy. Jésus.

— C'était Jésus ? dit Caddy. Il a essayé d'entrer dans la cuisine ?

— Jésus », dit Nancy. Comme ça : Jéeeeeeeeeeeeeeeesus jusqu'au moment où le nom s'éteignit comme une allumette ou une bougie.

« C'est de l'autre Jésus qu'elle parle, dis-je.

— Dis, tu peux nous voir, Nancy ? murmura Caddy. Tu peux voir nos yeux aussi ?

— Je ne suis rien qu'une négresse, dit Nancy. Dieu le sait. Dieu le sait.

— Qu'est-ce que tu as vu, en bas, dans la cuisine ? murmura Caddy. Qu'est-ce qui a essayé d'entrer ?

— Dieu le sait », dit Nancy. Nous pouvions voir ses yeux. « Dieu le sait. »

Dilsey guérit. Elle prépara le déjeuner. « Il aurait mieux valu rester au lit un ou deux jours de plus, dit notre père.

— Pourquoi ? dit Dilsey. Si j'avais tardé un jour de plus, cette cuisine aurait été une ruine. Allez, sortez-vous d'ici maintenant, et laissez-moi remettre de l'ordre dans ma cuisine. »

Dilsey prépara le dîner aussi. Et, ce soir-là, juste avant la nuit, Nancy entra dans la cuisine.

« Comment sais-tu qu'il est revenu ? dit Dilsey. Tu ne l'as point vu.

— Jésus est un nègre, dit Jason.

— Je l'sens bien, dit Nancy. Je sens qu'il est couché, là-bas, dans le fossé.

— Ce soir ? dit Dilsey. Il y est ce soir ?

— Dilsey aussi est nègre, dit Jason.

— Essaye donc de manger quelque chose, dit Dilsey.

— Je n'veux rien, dit Nancy.

— Moi, j'suis pas nègre, dit Jason.

— Prends du café », dit Dilsey. Elle versa une tasse de café à Nancy. « Es-tu sûre qu'il est là-bas, ce soir ? Comment sais-tu que c'est pour ce soir ?

— Je sais, dit Nancy. Il est là-bas. Il guette. Je sais. J'ai vécu trop longtemps avec lui. Je sais ce qu'il va faire avant même qu'il le sache lui-même.

— Bois un peu de café », dit Dilsey. Nancy porta la tasse à ses lèvres et souffla sur le café. Sa bouche se plissa comme celle d'un aspic, comme une bouche en caoutchouc, comme si, en soufflant sur le café, elle avait fait s'envoler toute la couleur de ses lèvres.

« Moi, j'suis pas nègre, dit Jason. Et toi, t'es nègre, Nancy ?

— J'suis fille de l'Enfer, mon enfant, dit Nancy. Bientôt j'serai plus rien. Je m'en retourne là d'où je suis venue. »

III

Elle commença à boire son café. Tandis qu'elle buvait, tenant la tasse à deux mains, elle recommença à faire le bruit. Elle faisait le bruit dans sa tasse, et le café éclaboussait sa robe et ses mains. Ses yeux nous regardaient, et elle restait là, assise, les coudes sur les genoux, la tasse dans les mains, nous regardant par-dessus la tasse mouillée, faisant le bruit. « Regardez Nancy, dit Jason. C'est fini, elle fera plus la cuisine pour nous, maintenant. Dilsey est guérie.

— Vous, taisez-vous », dit Dilsey. Nancy tenait la tasse à deux mains et nous regardait en faisant le bruit. Comme si elle avait été deux personnes, une qui nous regardait, l'autre qui faisait le bruit. « Pourquoi que tu n'laisses pas Mr Jason téléphoner à la police ? » dit Dilsey. Nancy s'arrêta, la tasse dans ses deux longues mains brunes. Elle tenta à nouveau de boire du café, mais il gicla hors de la tasse sur ses mains et sur sa robe, et elle posa la tasse. Jason l'observait.

« J'peux pas avaler, dit Nancy. J'avale, mais ça ne coule pas.

— Va chez moi, dit Dilsey. Frony te fera un lit. Je n'tarderai pas à aller te rejoindre.

— Aucun nègre ne l'arrêtera, dit Nancy.

— Moi, j'suis pas nègre, dit Jason. Pas vrai, Dilsey ?

— M'est avis que non », dit Dilsey. Elle regarda Nancy. « M'est avis que non. Alors, qu'est-ce que tu vas faire ? »

Nancy nous regarda. Ses yeux allaient vite, comme si elle avait eu peur de n'avoir pas le temps de regarder, et, cependant, ils semblaient à peine se mouvoir. Elle nous regarda tous les trois à la fois. « Vous vous rappelez cette nuit que j'ai couché dans vot'chambre », dit-elle. Elle nous rappela que nous nous étions réveillés de bonne heure et que nous avions joué. Nous avions dû jouer en silence, sur son matelas, jusqu'au moment où notre père s'était éveillé, à l'heure du petit déjeuner. « Allez demander à vot'maman si je peux coucher ici ce soir, dit Nancy. J'aurai pas besoin de matelas. Nous pourrons jouer encore. »

Caddy demanda à maman. Jason y alla aussi. « Je ne veux pas de nègres à dormir dans les chambres », dit notre mère. Jason se mit à pleurer. Il pleura jusqu'à ce que maman lui dise qu'il n'aurait pas de dessert pendant trois jours s'il ne se taisait pas. Alors Jason a dit qu'il se tairait si Dilsey faisait un gâteau au chocolat. Notre père était là.

« Pourquoi ne fais-tu rien ? dit notre mère. À quoi sert la police ?

— Pourquoi c'est-il que Nancy a peur de Jésus ? dit Caddy. Avez-vous peur de papa, maman ?

— Que pourrait faire la police ? dit notre père. Si Nancy ne l'a pas vu, comment veux-tu que la police le trouve ?

— Alors, pourquoi a-t-elle peur ? dit notre mère.

— Elle dit qu'il est ici. Elle dit qu'elle sait qu'il est ici ce soir.

— Et dire qu'on paie des impôts ! dit notre mère. Je dois rester seule ici, dans cette grande maison, pendant que tu raccompagnes une négresse chez elle.

— Tu sais que je ne suis pas couché dehors avec un rasoir, dit notre père.

— Je me tairai si Dilsey fait un gâteau au chocolat », dit Jason. Maman nous dit de sortir, et notre père dit qu'il ne savait pas si Jason aurait ou non un gâteau au chocolat, mais qu'il savait bien ce que Jason allait recevoir dans une minute. Nous sommes retournés à la cuisine porter la réponse à Nancy :

« Papa a dit qu'il fallait que tu rentres chez toi et que tu fermes la porte, et que tu ne risquerais rien, dit Caddy. Risquer quoi, Nancy ? Est-ce que Jésus est fâché contre toi ? » Nancy avait repris sa tasse de café entre ses mains. Elle avait les coudes sur les genoux et ses mains tenaient la tasse entre ses genoux. Elle regardait dans la tasse. « Qu'est-ce que tu as fait pour mettre Jésus en colère ? » dit Caddy. Nancy lâcha la tasse. Elle ne se brisa pas en tombant par terre, mais le café se répandit et Nancy resta assise avec ses mains qui conservaient encore la forme de la tasse. Elle recommença le bruit, pas fort. Ce n'était ni un chant, ni pas un chant. Nous la regardions.

« Alors, dit Dilsey, ça ne va pas bientôt finir ? Prends un peu sur toi. Reste ici. J'vais aller chercher Versh. Il te reconduira. » Dilsey sortit.

Nous regardâmes Nancy. Ses épaules tremblaient toujours, mais elle ne faisait plus le bruit. Nous l'observions. « Qu'est-ce que c'est que Jésus va te faire ? dit Caddy. Il est parti. »

Nancy nous regarda. « On s'est bien amusés, la nuit que j'ai passée dans vot'chambre, pas vrai ?

— Pas moi, dit Jason. J'me suis pas amusé.

— Tu dormais dans la chambre de maman, dit Caddy. Tu n'étais pas avec nous.

— Allons jusque chez moi, on s'amusera encore, dit Nancy.

— Maman voudra pas, dis-je. Il est trop tard.

— Faut pas la déranger, dit Nancy. Nous lui dirons demain matin. Elle aura rien contre.

— Elle nous laissera pas y aller, dis-je.

— Faut pas lui demander maintenant, dit Nancy. Faut pas la déranger.

— Elle a pas dit qu'elle voulait pas, dit Caddy.

— Nous lui avons pas demandé, dis-je.

— Si vous y allez, je le dirai, dit Jason.

— On s'amusera bien, dit Nancy. Ils auront rien contre… juste chez moi. Il y a longtemps que je travaille pour vous. Ils auront rien contre.

— Je n'ai pas peur d'y aller, dit Caddy. C'est Jason qui a peur. Il le dira.

— J'ai pas peur, dit Jason.

— Si, dit Caddy. Tu le diras.

— Non, j'le dirai pas, dit Jason. J'ai pas peur.

— Jason a pas peur de venir avec moi, dit Nancy. Pas vrai, Jason ?

— Jason le dira », dit Caddy. Le sentier était plongé dans l'obscurité. Nous avons franchi la barrière du pré. « Je parie que si quelque chose surgissait derrière cette barrière, Jason se mettrait à hurler.

— C'est pas vrai », dit Jason. On a descendu le sentier. Nancy parlait très fort.

« Pourquoi que tu parles si fort, Nancy ? dit Caddy.

— Qui, moi ? dit Nancy. Voyez-vous ça, Quentin, Caddy et Jason qui disent que je parle fort.

— Tu parles comme si on était cinq, dit Caddy. Tu parles comme si papa était ici.

— Moi ? Moi, je parle fort, Mr Jason ? dit Nancy.

— Nancy a appelé Jason "Mister", dit Caddy.

— Écoutez-les parler ces enfants, Caddy, Quentin et Jason, dit Nancy.

— Nous ne parlons pas fort, dit Caddy. C'est toi qui parles comme si papa...

— Chut, dit Nancy, chut, Mr Jason.

— Nancy a encore appelé Jason "Mister"...

— Chut », dit Nancy. Elle parlait très fort quand nous avons franchi le fossé et que nous nous sommes courbés pour passer la clôture, là où elle avait coutume de se baisser avec le linge sur la tête. Puis nous sommes arrivés à sa case. Nous marchions très vite. Elle ouvrit la porte. L'odeur de la maison était comme la lampe, et l'odeur de Nancy était comme la mèche, comme si les deux odeurs s'attendaient pour commencer à sentir. Elle alluma la lampe et ferma la porte, puis elle mit la barre. Alors elle cessa de parler fort et elle nous regarda.

« Qu'est-ce qu'on va faire ? dit Caddy.

— Qu'est-ce que vous voulez faire ? dit Nancy.

— T'as dit qu'on s'amuserait », dit Caddy.

Il y avait quelque chose dans la maison de Nancy, quelque chose qu'on pouvait sentir, indépendamment de Nancy et de la maison. Jason lui-même le sentait. « J'veux pas rester ici, dit-il. J'veux retourner à la maison.

— Eh bien, retourne, dit Caddy.

— J'veux pas y aller tout seul, dit Jason.

— On va s'amuser, dit Nancy.

— À quoi ? » dit Caddy.

Nancy était près de la porte. Elle nous regardait, mais on aurait dit qu'elle s'était vidé les yeux, qu'elle ne s'en servait plus. « Qu'est-ce que vous voulez faire ? dit-elle.

— Raconte-nous une histoire, dit Caddy. Tu sais raconter des histoires ?

— Oui, dit Nancy.

— Raconte », dit Caddy. Nous regardions Nancy. « Tu ne sais pas d'histoires ?

— Si, dit Nancy, j'en sais. »

Elle s'assit sur une chaise, près de l'âtre. Il y avait un peu de feu. Nancy le ranima bien qu'il fît déjà chaud dans la case. Elle fit une belle flambée. Elle raconta une histoire. Elle parlait comme ses yeux regardaient, comme si ses yeux qui nous observaient et sa voix qui nous parlait ne lui appartenaient pas. Comme si elle était ailleurs, comme si elle attendait ailleurs. Elle était dehors. Elle n'était pas dans la case. Sa voix y était et sa forme. Celle qui était là, c'était la Nancy qui pouvait se courber sous les fils de fer barbelés d'une clôture avec un ballot de linge en équilibre sur la tête, impondérable comme un ballon. Mais c'était tout. « Et alors, la reine est arrivée au fossé où le méchant homme était caché.

Elle a marché jusqu'au fossé et elle a dit : "Si seulement j'arrive à franchir le fossé..." c'est ça qu'elle a dit...

— Quel fossé ? dit Caddy. Un fossé comme celui-là, dehors ? Pourquoi c'est-il que la reine voulait traverser le fossé ?

— Pour rentrer chez elle, dit Nancy en nous regardant. Il lui a fallu traverser le fossé pour rentrer chez elle et barrer la porte.

— Pourquoi qu'elle voulait rentrer chez elle et barrer la porte ? » dit Caddy.

IV

Nancy nous regardait. Elle avait cessé de parler. Elle nous regardait. Les jambes de Jason, assis sur les genoux de Nancy, sortaient toutes droites de son pantalon. « J'trouve pas cette histoire jolie, dit-il. Je veux rentrer à la maison.

— Ça vaudrait peut-être mieux », dit Caddy. Elle était assise par terre. Elle se leva. « Je parie qu'on est en train de nous chercher. » Elle se dirigea vers la porte.

« Non, dit Nancy. Faut pas l'ouvrir. » Elle se leva vivement et passa devant Caddy. Elle ne toucha pas la porte, la barre de bois.

« Pourquoi ? dit Caddy.

— Revenez près de la lampe, dit Nancy. On va s'amuser. Vous n'avez pas besoin de rentrer.

— Nous devrions partir, dit Caddy, à moins qu'on ne s'amuse beaucoup. » Nancy et elle revinrent près du feu, près de la lampe.

« J'veux rentrer à la maison, dit Jason. Je le dirai.

— Je connais une aut'histoire », dit Nancy. Elle était debout, près de la lampe. Elle regardait Caddy comme quand on regarde un bâton en équilibre sur votre nez. Il lui fallait baisser les yeux pour voir Caddy, mais c'était pourtant à ça qu'ils ressemblaient, ses yeux, comme quand on tient un bâton en équilibre.

« J'veux pas l'écouter, dit Jason. Je vais trépigner.

— C'est une jolie histoire, dit Nancy. Bien plus jolie que la première.

— De quoi qu'elle parle ? » dit Caddy. Nancy était debout près de la lampe. Sa main reposait sur la lampe, contre la flamme, longue et brune.

« Ta main est sur ce verre brûlant, dit Caddy. Ça ne te brûle pas ? »

Nancy regarda sa main sur le verre de lampe. Elle enleva sa main lentement. Elle était là, les yeux fixés sur Caddy, et elle tordait sa longue main comme si elle l'avait eue attachée au poignet par une ficelle.

« Faisons quelque chose, dit Caddy.

— J'veux rentrer à la maison, dit Jason.

— J'ai du pop-corn », dit Nancy. Elle regarda Caddy, puis Jason, puis moi, puis Caddy à nouveau. « J'ai du pop-corn.

— J'aime pas le pop-corn, dit Jason. J'aimerais mieux des bonbons. »

Nancy regarda Jason. « Tu tiendras le *popper*. »

Elle continuait à tordre sa main, sa longue main molle et brune.

« Bon, dit Jason, j'veux bien rester un peu si on me laisse faire ça. Caddy a pas le droit de le tenir. J'aurai encore envie de rentrer à la maison si c'est Caddy qui le tient. »

Nancy prépara le feu. « Regardez Nancy qui met ses mains dans le feu, dit Caddy. Qu'est-ce que tu as donc, Nancy ?

— Je vais vous donner du pop-corn, dit Nancy. J'en ai. » Elle sortit le *popper* de dessous le lit. Il était cassé. Jason se mit à pleurer.

« On ne pourra pas avoir de pop-corn, dit-il.

— De toute façon, il faut qu'on rentre chez nous, dit Caddy. Viens Quentin.

— Attendez, dit Nancy, attendez. Je vais l'arranger. Vous ne voulez pas m'aider à l'arranger ?

— J'crois pas que j'en veuille, dit Caddy. Il est trop tard.

— Jason, aidez-moi, dit Nancy. Vous ne voulez pas m'aider ?

— Non, dit Jason. J'veux rentrer à la maison.

— Chut, dit Nancy. Chut. Regardez-moi, regardez. Je peux l'arranger. Comme ça Jason pourra le tenir pour faire éclater le maïs. » Elle prit un morceau de fil de fer et arrangea le *popper*.

« Ça ne tiendra pas bien, dit Caddy.

— Si, ça tiendra, dit Nancy. Vous verrez. Venez m'aider à égrener un peu de maïs. »

Le maïs était également sous le lit. Nous l'égrenâmes dans le *popper* et Nancy aida Jason à le tenir sur le feu.

« Il n'éclate pas, dit Jason. J'veux rentrer à la maison.

— Attendez, ça va venir, dit Nancy. On va bien s'amuser. » Elle était assise auprès du feu. La mèche était si haute que la lampe commençait à filer.

« Pourquoi que tu ne la baisses pas ? dis-je.

— Ça ne fait rien, dit Nancy. Je la nettoierai. Attendez. Ça va commencer dans une minute.

— J'crois pas que ça commence, dit Caddy. Du reste, nous devrions rentrer. Ils vont être inquiets.

— Non, dit Nancy. Le maïs va éclater. Dilsey leur dira que vous êtes chez moi. Ça fait longtemps que je travaille pour vous. Ça leur est égal que vous soyez chez moi. Attendez, ça va commencer d'une minute à l'autre. »

Après cela, Jason reçut de la fumée dans les yeux et se mit à pleurer. Il laissa tomber le *popper* dans le feu. Nancy prit un linge humide et lui essuya la figure, mais il continua à pleurer.

« Chut, disait-elle, chut. » Mais il ne se taisait pas. Caddy tira le *popper* du feu.

« C'est tout brûlé, dit-elle. Nancy, faudra que t'ailles en chercher d'autre.

— Est-ce que vous aviez tout mis dedans ? dit Nancy.

— Oui », dit Caddy. Nancy regarda Caddy. Puis elle prit le *popper*, l'ouvrit, vida les cendres dans son tablier et se mit à trier les grains, de ses mains longues et brunes. Nous la regardions.

« Tu n'en as pas d'autre ? dit Caddy.

— Si, dit Nancy. Si, regardez. Tout n'a pas brûlé. Nous n'avons qu'à...

— J'veux rentrer à la maison, dit Jason. Je le dirai.

— Chut », dit Caddy. Nous écoutions tous. Nancy, les yeux pleins des lueurs rouges de la lampe, avait déjà tourné la tête vers la porte barrée. « Il y a quelqu'un qui vient », dit Caddy.

Alors, Nancy se remit à faire le bruit, pas fort. Assise, penchée au-dessus du feu, elle laissait pendre ses longues mains entre ses genoux. Soudain, l'eau se mit à couler sur sa figure, en grosses gouttes. Et, dans chaque goutte, tournait une petite boule de feu, comme une étincelle, jusqu'au moment où elle lui tombait du menton. « Elle ne pleure pas, dis-je.

— Je ne pleure pas », dit Nancy. Elle avait les yeux fermés. « Je ne pleure pas. Qui est-ce ?

— Je ne sais pas, dit Caddy qui se dirigea vers la porte et regarda au-dehors. Il va falloir que nous partions, dit-elle. Voilà papa.

— Je vais le dire, dit Jason. C'est vous qui m'avez forcé à venir. »

L'eau coulait toujours sur le visage de Nancy. Elle se retourna sur sa chaise. « Écoutez. Dites-lui. Dites-lui qu'on va bien s'amuser. Dites-lui que je prendrai bien soin de vous jusqu'à demain matin. Dites-lui de me laisser rentrer avec vous, de me laisser dormir sur le plancher. Dites-lui que j'ai pas besoin de matelas. On s'amusera. Vous vous rappelez la dernière fois, comme on s'était bien amusés.

— Moi, je ne me suis pas amusé, dit Jason. Tu m'as fait mal. Tu m'as mis de la fumée dans les yeux. Je le dirai. »

V

Notre père entra. Il nous regarda. Nancy ne s'était pas levée.

« Dites-lui, dit-elle.

— C'est Caddy qui nous a fait venir ici, dit Jason. Moi, j'voulais pas. »

Papa s'approcha du feu. Nancy leva les yeux vers lui. « Tu ne peux donc pas aller coucher chez la mère Rachel ? » dit-il. Nancy, les mains entre les genoux, leva les yeux vers notre père. « Il n'est pas ici, dit notre père. Je l'aurais vu. Il n'y a pas âme qui vive.

— Il est dans le fossé, dit Nancy. Il attend dans le fossé, là-bas.

— Balivernes ! » dit notre père. Il regarda Nancy. « Est-ce que tu sais qu'il est ici ?

— J'ai trouvé un présage, dit Nancy.

— Quel présage ?

— Je l'ai trouvé. Il était sur ma table quand je suis entrée. Un os de porc avec de la chair saignante dessus, là, près de la lampe. Il est là-bas, je vous dis. Sitôt que vous aurez franchi cette porte, je serai partie...

— Partie où, dis Nancy ? dit Caddy.

— Moi, j'suis pas un rapporteur, dit Jason.

— Balivernes ! dit notre père.

— Il est là-bas, dit Nancy. En ce moment même il regarde par la fenêtre. Il attend que vous soyez sortis. Et après, je serai partie.

— Balivernes ! dit notre père. Ferme ta maison, nous allons t'emmener chez la mère Rachel.

— Ça ne servira à rien », dit Nancy. Elle ne regardait plus notre père, mais il baissait les yeux vers elle, vers ses longues mains agitées et molles. « Ça ne servira à rien de retarder ça.

— Alors, qu'est-ce que tu veux faire ? dit notre père.

— Sais pas, dit Nancy. J'peux rien faire. Retarder ça, simplement. Et ça ne servira à rien. M'est avis que je peux pas y échapper. Probable que ce qui va m'arriver, c'est tout ce que je mérite.

— Qu'est-ce qui va t'arriver ? dit Caddy. Qu'est-ce que tu mérites ?

— Rien du tout, dit notre père. Allez vous coucher.

— C'est Caddy qui m'a fait venir, dit Jason.

— Va-t'en chez la mère Rachel, dit notre père.

— Ça ne servira à rien », dit Nancy. Elle restait assise devant le feu, les coudes sur les genoux, ses longues mains entre les genoux. « Même la cuisine, chez vous, ça n'y ferait rien. Même si je dormais sur le plancher de la chambre avec les enfants, le lendemain me voilà, et du sang...

— Chut, dit notre père. Barre ta porte, éteins la lumière et couche-toi.

— J'ai peur du noir, dit Nancy. J'ai peur que ça arrive dans le noir.

— Alors, tu vas rester comme ça, la lampe allumée ? » dit notre père. Et puis, assise devant le feu, les mains entre les genoux, Nancy recommença à faire le bruit. « Ah, damnation, dit notre père. Allons, venez, mes enfants. L'heure d'aller au lit est déjà passée.

— Sitôt que vous serez sortis, je serai plus là », dit Nancy. Elle parlait plus calmement à présent. Son visage, comme ses mains, semblait plus calme. « Enfin, j'ai l'argent de mon cercueil, placé chez Mr Lovelady. » Mr Lovelady était un petit homme sale qui percevait les assurances des Noirs. Il faisait la tournée des cases et des cuisines, tous les samedis matin, pour percevoir quinze *cents.* Sa femme et lui vivaient à l'hôtel. Un matin, sa femme se suicida. Ils avaient un enfant, une petite fille. Il partit avec l'enfant. Au bout d'une semaine ou deux, il revint seul. Tous les samedis matin nous le voyions dans les allées et dans les ruelles.

« Balivernes, dit notre père. Tu seras la première personne que je verrai demain matin dans la cuisine.

— Vous verrez ce que vous verrez, dit Nancy. Mais, seul le Seigneur pourrait dire ce que ça sera. »

VI

Nous la laissâmes devant le feu.

« Allons, viens mettre la barre », dit notre père. Mais elle ne bougeait pas. Elle ne nous regardait pas. Elle restait là, assise, tranquillement, entre la lampe et le feu. Du chemin, à une certaine distance, nous pouvions, en nous retournant, la voir par la porte ouverte.

« Qu'est-ce que c'est, papa ? dit Caddy. Qu'est-ce que c'est qui va arriver ?

— Rien », dit notre père. Jason était sur le dos de papa, aussi était-il bien plus grand que nous tous. Nous descendîmes dans le fossé que j'examinai tranquillement. Je ne pouvais pas voir grand-chose là où les ombres et le clair de lune se mêlaient.

« Si Jésus est caché là-dedans, il peut nous voir, n'est-ce pas ? dit Caddy.

— Il n'est pas caché là-dedans, dit notre père. Il y a longtemps qu'il est parti.

— C'est toi qui m'as fait venir », dit Jason, tout là-haut. Contre le ciel, on aurait dit que papa avait deux têtes, une petite et une grosse. « Moi, j'voulais pas. »

Nous remontâmes de l'autre côté du fossé. Nous pouvions encore voir la maison de Nancy et la porte ouverte, mais nous ne pouvions plus voir Nancy, assise devant le feu, la porte ouverte, parce qu'elle était fatiguée. « J'suis fatiguée, voilà tout, disait-elle. J'suis rien qu'une négresse. C'est pas de ma faute. »

Mais nous l'entendîmes parce que, dès que nous eûmes remonté le fossé, elle recommença le bruit qui n'était ni un chant ni pas un chant. « Papa, qui c'est-il qui lavera notre linge, maintenant ? dis-je.

— J'suis pas nègre, moi, dit Jason, tout là-haut, juste au-dessus de la tête de notre père.

— T'es pire que ça, dit Caddy, t'es un rapporteur. Si quelque chose te sautait au nez, maintenant, tu aurais plus peur qu'un nègre.

— C'est pas vrai, dit Jason.

— Tu pleurerais, dit Caddy.

— Caddy, dit notre père.

— C'est pas vrai, dit Jason.

— Poule mouillée, dit Caddy.

— Candace, voyons », dit notre père.

Septembre ardent

I

Dans le crépuscule sanglant de septembre, regain de soixante-deux jours sans pluie, la rumeur ou l'histoire, peu importe, courut comme le feu dans l'herbe sèche. Quelque chose concernant Miss Minnie Cooper et un Noir. Attaquée, insultée, terrorisée : personne, parmi les hommes qui, ce samedi-là, emplissaient la boutique du coiffeur où le ventilateur du plafond brassait sans le rafraîchir l'air vicié, leur renvoyant, avec des bouffées de vieille pommade et de lotions, leurs haleines âcres et leurs odeurs, ne savait exactement ce qui était arrivé.

« Sauf que ce n'était pas Will Mayes », dit un des coiffeurs. C'était un homme entre deux âges, un homme mince, couleur de sable, au visage doux. Il rasait un client. « Je connais Will Mayes. C'est un brave nègre. Et je connais Miss Minnie Cooper également.

— Qu'est-ce que tu sais d'elle ? dit un autre coiffeur.

— Qui est-ce ? dit le client. Une jeune fille ?

— Non, dit le coiffeur. Elle doit bien avoir dans les quarante ans, je suppose. Elle n'est pas mariée. C'est pour ça que je ne crois pas...

— Croire, je t'en fous ! dit un gros jeune homme vêtu d'une chemise de soie tachée de sueur. Vous ne croyez pas à la parole d'une Blanche plutôt qu'à celle d'un nègre ?

— Je ne crois pas que Will Mayes ait fait ça, dit le coiffeur. Je connais Will Mayes.

— En ce cas vous savez peut-être qui a fait ça. Vous l'avez peut-être même déjà aidé à s'enfuir de la ville, sale négrophile.

— Je ne crois pas que personne ait fait quoi que ce soit. Je crois qu'il n'est rien arrivé du tout. Voyons, messieurs, est-ce que ces dames qui prennent de l'âge sans avoir réussi à se marier ne s'imaginent pas toujours qu'un homme ne peut pas...

— Pour un Blanc, vous êtes un drôle de numéro », dit le client. Il s'agita sous la serviette. Le jeune homme d'un bond s'était mis debout.

« Vous ne croyez pas ? dit-il. Accuseriez-vous une Blanche de mentir ? »

Le coiffeur tenait son rasoir en l'air au-dessus du client à moitié levé. Il ne regardait pas autour de lui.

« C'est la faute à ce sacré temps, dit un autre, ça suffirait pour qu'un homme fasse n'importe quoi... même à elle. »

Personne ne rit. Le coiffeur dit de sa voix douce, entêtée : « Je ne porte d'accusation contre personne. Tout ce que je sais, et vous le savez aussi bien que moi, messieurs, c'est qu'une femme qui n'a jamais...

— Sale négrophile ! dit le jeune homme.

— Assez, Butch, dit un autre. On aura tout le temps d'agir quand on saura ce qui s'est passé.

— Qui ça, on ? Qui est-ce qui va chercher à savoir ? dit le jeune homme. Des faits, pour quoi foutre ? Moi je...

— Ça, pour un Blanc, vous vous posez là », reprit le client. Sous sa barbe savonneuse il avait l'air d'un de ces gueux du désert qu'on voit au cinéma. « Parfaitement, Jack, dit-il au jeune homme. S'il n'y a pas de Blancs ici, tu peux compter sur moi, bien que je ne sois qu'un voyageur de commerce et un étranger.

— C'est ça, mes amis, dit le coiffeur. Trouvez d'abord la vérité. Je connais Will Mayes.

— Ah, nom de Dieu, hurla le jeune homme, penser qu'un Blanc d'ici...

— Assez, Butch, dit l'autre, nous avons tout le temps. »

Le client se redressa. Il regarda celui qui venait de parler : « Vous prétendez qu'un nègre qui attaque une Blanche peut avoir une excuse ? Auriez-vous la prétention d'être un Blanc et de soutenir une chose pareille ? Vous feriez mieux de retourner dans le Nord d'où vous venez. Le Sud n'a pas besoin de types de votre espèce.

— Comment, le Nord ? dit l'autre. Je suis né et j'ai été élevé ici même.

— Eh ben, nom de Dieu ! » dit le jeune homme. Il regarda autour de lui d'un air tendu, déconcerté, comme s'il essayait de se rappeler ce qu'il voulait dire ou faire. Il passa sa manche sur son visage en sueur. « Du diable si je permettrai qu'on laisse une Blanche...

— Parfaitement, Jack, dit le voyageur de commerce. Nom de Dieu, s'ils... »

La porte en toile métallique s'ouvrit brusquement. Un homme apparut, les jambes écartées, plein d'aisance malgré la lourdeur de son corps. Sa chemise blanche était échancrée à l'encolure ; il portait un chapeau de feutre. Son regard brûlant et crâne balaya le groupe. Il s'appelait Mc Lendon. Il avait commandé des troupes sur le front en France et il avait été décoré pour son courage.

« Alors, dit-il, c'est comme ça que vous laissez un salaud de nègre violer une Blanche dans les rues de Jefferson sans rien faire ? »

Butch bondit à nouveau. La soie de sa chemise collait à ses épaules trapues. Sous chaque aisselle il y avait une demi-lune sombre. « C'est justement ce que je leur disais. C'est ce que...

— Est-ce que c'est vraiment arrivé ? dit un troisième. Ça ne serait pas la première fois qu'elle aurait eu peur d'un homme, comme le disait Hawkshaw. Il y a environ un an, est-ce qu'il n'y a pas eu l'histoire d'un homme qui serait grimpé sur le toit de la cuisine pour la regarder se déshabiller ?

— Quoi ? dit le client. Qu'est-ce que c'est que ça ? » Le coiffeur avait lentement tenté de le faire rasseoir ; la tête levée, il s'arrêta à demi redressé tandis que le coiffeur continuait à tenter de le faire rasseoir.

Mc Lendon se tourna vers celui qui venait de parler : « Si c'est arrivé ? Quelle importance ça a-t-il, bon Dieu ? Allez-vous laisser les salauds de nègres en prendre à leur aise jusqu'au jour où ça arrivera pour de bon ?

— C'est justement ce que je leur disais ! » hurla Butch. Il égrena un long chapelet de jurons, sans rime ni raison.

« Allons, allons, dit un quatrième, pas si fort. Ne parlez pas si fort.

— Pour sûr, dit Mc Lendon, il est bien inutile de parler. J'ai dit ce que j'avais à dire. Qui m'aime me suive. » Dressé sur ses pieds, il regardait autour de lui.

Le coiffeur maintenait le visage du voyageur de commerce sous son rasoir en position : « Informez-vous d'abord, mes amis. Je connais Will Mayes. C'est pas lui. Il faut faire les choses en règle et aller chercher le shérif. »

Mc Lendon pirouetta vers lui, furieux, le visage rigide. Le coiffeur ne détourna pas ses regards. On eût dit deux hommes de race différente. Les autres garçons s'étaient également arrêtés au-dessus de leurs clients renversés. « Comment, vous voulez me dire que vous croiriez à la parole d'un nègre plutôt qu'à celle d'une Blanche ? Sale négrophile... »

Celui qui avait parlé en troisième se leva et saisit le bras de Mc Lendon. Lui aussi avait été soldat. « Voyons, voyons, examinons un peu la question. Qui est-ce qui sait comment les choses se sont vraiment passées ?

— Examiner, pour quoi foutre ! » Mc Lendon libéra son bras. « Que tous ceux qui sont pour moi se lèvent. Les autres... » Il regarda autour de lui, en passant sa manche sur sa figure.

Trois hommes se levèrent. Le voyageur de commerce se redressa sur son fauteuil. « Allez, dit-il en tirant sur la serviette autour de son cou, enlevez-moi ce torchon. Je suis pour lui. Je n'habite pas ici, nom de Dieu, mais si nos mères et nos femmes et nos sœurs... » Il se bouchonna la figure avec la serviette et la jeta par terre. Mc Lendon, debout, jurait contre les autres. Un deuxième client se leva et s'approcha de lui. Les autres restaient assis, mal à l'aise, évitant de se regarder. Puis, un à un, ils se levèrent et se joignirent à lui.

Le coiffeur ramassa la serviette par terre. Il se mit à la plier soigneusement : « Mes amis, ne faites pas ça. Will n'est pas coupable. Je le sais.

— En avant », dit Mc Lendon. Il fit demi-tour. La crosse d'un lourd revolver automatique sortait de sa poche de derrière. Ils s'en allèrent. La porte à moustiquaire métallique se referma derrière eux, et le bruit résonna dans l'air mort.

Le coiffeur se hâta de nettoyer son rasoir et de le serrer, puis il courut vers le fond du magasin et prit son chapeau au mur. « Je reviendrai le plus tôt possible, dit-il aux autres garçons, je ne peux pas laisser... » Il sortit en courant. Les deux autres coiffeurs le suivirent jusqu'à la porte qu'ils arrêtèrent au moment où elle se refermait. Penchés, ils le regardèrent remonter la rue. L'air était lourd et mort. Il laissait sous la langue un goût métallique.

« Qu'est-ce qu'il peut y faire ? » dit le premier. Le second répétait à mi-voix : nom de Dieu, nom de Dieu. « J'aimerais autant être dans la peau de Will Mayes que dans celle de Hawk si jamais il met Mc Lendon en rogne.

— Nom de Dieu, nom de Dieu ! murmurait le second.

— Alors, tu crois vraiment que le nègre lui a fait ça ? » dit le premier.

II

Elle avait trente-huit ou trente-neuf ans. Elle habitait avec sa mère infirme et une tante menue, jaune et indomptable, dans une petite maison en bois où, chaque matin, entre dix et onze heures, on la voyait apparaître sur la galerie, coiffée d'un bonnet de dentelle. Elle s'installait dans le hamac et s'y balançait jusqu'à midi. Après déjeuner, elle s'étendait un moment jusqu'à l'heure où la chaleur commençait à tomber. Alors, dans une des trois ou quatre robes de voile qu'elle se faisait faire chaque été, elle descendait en ville passer l'après-midi dans les magasins où, avec d'autres dames, elle pouvait tripoter les marchandises et discuter les prix d'une voix sèche, directe, sans la moindre intention d'acheter.

Elle appartenait à une famille aisée, non des meilleures de Jefferson, mais assez bien classée cependant, et elle avait encore une certaine beauté courante, une manière d'être et de s'habiller vive, légèrement hagarde. Dans sa jeunesse elle avait eu un corps souple et nerveux joint à une sorte d'entrain vigoureux qui lui avait permis, pendant un temps, de trôner au sommet de la vie mondaine représentée par les fêtes d'école et de paroisse, alors qu'elle et ses contemporains étaient encore trop jeunes pour avoir l'esprit de classe.

Elle fut la dernière à s'apercevoir qu'elle perdait du terrain, que ceux parmi lesquels elle avait été une flamme un peu plus brillante, un peu plus lumineuse, commençaient à savourer le plaisir du snobisme — côté hommes — et celui des représailles — côté femmes. C'est alors que son visage prit cette expression vive et hagarde. Dans les réunions, sur les galeries ombragées, sur les pelouses d'été, elle portait encore cet air-là comme un masque ou un drapeau, avec, dans les yeux, cet air étonné de quelqu'un qui, furieusement, refuse de voir la vérité. Un jour, dans une soirée, elle entendit un jeune homme et deux jeunes filles, ses camarades d'école, qui causaient. Elle n'accepta plus jamais d'invitation.

Elle vit les jeunes filles avec lesquelles elle avait été élevée se marier, avoir des foyers et des enfants, mais aucun prétendant sérieux ne se présenta avant l'époque où, depuis longtemps déjà, les enfants des autres jeunes filles l'appelaient Tante Minnie, tandis que leurs mères leur disaient combien Tante Minnie avait été populaire dans sa jeunesse. C'est alors que la ville commença à la voir se promener en voiture, le dimanche après-midi, avec le caissier de la banque. Veuf, frisant la quarantaine, il avait le teint coloré et dégageait toujours une vague odeur de salon de coiffure ou de whisky. Il fut le premier à posséder une automobile dans la ville, une voiture rouge. C'est à Minnie que la ville, pour la première fois, vit un chapeau et un voile d'auto. Et la ville commença à dire : « Pauvre Minnie. » « Oh ! elle est bien d'âge à savoir se débrouiller », disaient les autres. C'est alors qu'elle demanda aux enfants de ses anciennes camarades d'école de l'appeler cousine au lieu de tante.

Il y avait maintenant douze ans qu'elle avait

été reléguée dans l'adultère par l'opinion publique, et huit ans que le caissier était parti pour une banque de Memphis, d'où il revenait chaque année, à Noël, passer un jour dans un club de chasse, sur la rivière, où se donnait un dîner annuel de célibataires. Derrière leurs rideaux, les voisines regardaient passer les convives et, lors des visites traditionnelles du jour de Noël, on parlait de lui à Minnie, on lui disait qu'il avait l'air fort bien, qu'on avait entendu dire que ses affaires prospéraient en ville, et on surveillait avec des yeux vifs et secrets l'expression vive et hagarde de son visage. Généralement, à cette heure-là, son haleine sentait le whisky. Elle se le procurait par l'entremise d'un jeune homme employé au comptoir des sodas au drugstore. « Bien sûr, la pauvre fille, c'est moi qui le lui achète. Elle a bien le droit de s'amuser un peu, je suppose. »

Sa mère ne quittait plus la chambre ; la tante efflanquée dirigeait la maison. Sur ce fond, les robes voyantes de Minnie, ses journées vides et oisives prenaient un air de furieuse irréalité. Le soir, elle sortait ; elle allait au cinéma, mais toujours avec des femmes maintenant, des voisines. Chaque après-midi elle mettait une de ses robes neuves et elle descendait en ville, seule. Ses jeunes « cousines » flânaient déjà, au soir tombant, avec leur tête délicate et soyeuse, ne sachant que faire de leurs bras grêles, conscientes de leurs hanches, enlacées ; ou bien criant et gloussant en compagnie de jeunes garçons, au comptoir des sodas, tandis qu'elle passait et s'éloignait le long des devantures aux portes desquelles les hommes, assis à ne rien faire, ne la suivaient même plus des yeux.

III

Le coiffeur remonta rapidement la rue où les rares lampadaires, encerclés d'insectes, suspendaient dans l'air sans vie leur éclat rigide et violent. Le jour était mort sous un linceul de poussière. Au-dessus du square sombre enseveli sous la poussière retombée, le ciel était aussi clair que l'intérieur d'une cloche de cuivre. Sous la ligne de l'orient on sentait la rumeur d'une lune deux fois pleine.

Il rattrapa Mc Lendon et les trois autres au moment où ils montaient dans une auto garée dans une impasse. Mc Lendon baissa sa grosse tête pour voir par-dessous le toit. « Alors, vous avez changé d'avis, hein ? dit-il, et vous avez bougrement bien fait. Bon Dieu, quand on saura demain, en ville, comment vous avez parlé ce soir...

— Allons, allons, dit l'autre ancien combattant, Hawkshaw est un brave type. Venez Hawk ; montez.

— Ce n'est pas Will Mayes qui a fait ça, mes amis, dit le coiffeur, en admettant que quelqu'un l'ait fait. Voyons, vous savez aussi bien que moi qu'il n'y a pas de ville où on ait de meilleurs nègres que chez nous. Et vous savez comment les dames s'imaginent souvent un tas de choses sur les hommes, sans aucune raison, et Miss Minnie en fin de compte...

— Mais oui, mais oui, dit le soldat. Nous voulons simplement lui dire un mot, c'est tout.

— Lui dire un mot, j't'en fous, dit Butch, quand nous en aurons fini avec le...

— Oh ! assez, pour l'amour de Dieu, dit le soldat, voulez-vous que toute la ville...

— Vous pouvez le leur dire, nom de Dieu, dit Mc Lendon, vous pouvez dire à tous les salauds qui laissent une Blanche...

— Partons, partons, voilà l'autre auto... » La seconde voiture sortait en grinçant d'un nuage de poussière à l'entrée de l'impasse. Mc Lendon démarra et prit la tête. La poussière pesait sur la rue comme du brouillard.

Les réverbères pendaient, auréolés, comme noyés d'eau. Ils sortirent de la ville.

Un sentier plein d'ornières tournait à angle droit. La poussière flottait au-dessus comme sur toute la campagne. La masse sombre de l'usine à glace où le Noir Mayes était gardien de nuit se détacha sur le ciel. « Si on s'arrêtait ici, vous croyez pas ? » dit le soldat. Mc Lendon ne répondit pas. Il poussa sa voiture et s'arrêta brusquement, les phares en plein sur le mur blanc.

« Mes amis, écoutez, dit le coiffeur, s'il est ici, est-ce que ce n'est pas la preuve qu'il ne l'a pas fait ? Voyons. Si c'était lui, il se serait enfui. Vous ne voyez pas ça ? » La seconde auto arriva et stoppa. Mc Lendon descendit et Butch sauta à terre à côté de lui. « Écoutez, mes amis, dit le coiffeur.

— Éteignez les phares », dit Mc Lendon. L'étouffante obscurité s'abattit sur eux. Pas d'autre bruit que celui de leurs poumons cherchant de l'air dans la poussière desséchée où ils vivaient depuis deux mois ; puis ce fut le crissement décroissant des pas de Mc Lendon et de Butch, et un instant après la voix de Mc Lendon.

« Will !... Will !... »

À l'est, la blême hémorragie de la lune croissait. Elle pesait sur la crête des collines, argentant l'air et la poussière, si bien qu'ils avaient l'air de respirer, de vivre dans une vasque de plomb fondu. Nul bruit, ni d'insecte, ni d'oiseau nocturne ; rien que le souffle de leur respiration et un léger cliquetis de métal contracté, dans les autos. Où leurs corps se touchaient ils semblaient suer à sec, car ils n'étaient même plus en moiteur. « Nom de Dieu, dit une voix, partons d'ici. »

Mais ils ne bougèrent que lorsque des bruits vagues commencèrent à sortir de l'obscurité en face d'eux. Alors ils descendirent et, angoissés, attendirent dans l'obscurité étouffante. Un nouveau son se fit entendre : un coup, un souffle sibilant, et Mc Lendon qui jurait à mi-voix. Ils restèrent encore un moment immobiles puis ils s'avancèrent en courant. Ils couraient en groupe, trébuchant comme s'ils fuyaient quelque chose. « Tuez-le, tuez-le, le salaud », murmura une voix. Mc Lendon les fit reculer.

« Pas ici, dit-il. Mettez-le dans l'auto. — Tuez-le, tuez-le, ce sale nègre », murmura la voix. Ils tirèrent le Noir jusqu'à l'auto. Le coiffeur était resté près de la voiture. Il sentait la sueur couler sur lui et il savait qu'il allait avoir mal au cœur.

« Qu'est-ce qu'il y a, capitaine ? dit le Noir, j'ai rien fait. Pour l'amour de Dieu, Mr John. »

Quelqu'un sortit des menottes. Calmes, attentifs, se gênant les uns les autres, ils s'affairaient autour du nègre comme s'il eût été un poteau. Il se laissa mettre les menottes. Son regard ne cessait d'aller rapidement de l'un à l'autre des visages indistincts. « Qui est là, capitaine ? » dit-il, se penchant pour scruter leurs visages, au point qu'ils sentirent son haleine mêlée à des relents de sueur. Il prononça un ou deux noms. « Qu'est-ce que vous dites donc tous que j'ai fait, Mr John ? »

D'un coup, Mc Lendon ouvrit la portière de l'auto. « Monte ! » dit-il.

Le Noir ne bougea pas. « Qu'est-ce que vous allez me faire, Mr John ? J'ai rien fait. Hommes blancs, capitaines, j'ai rien fait : je le jure devant Dieu. » Il appela un autre nom.

« Monte ! » dit Mc Lendon. Il frappa le nègre. Les autres, la respiration sèche et sifflante, le frappèrent au hasard ; il pirouetta, les insulta, brandit ses mains enchaînées devant leurs visages, frappa le coiffeur sur la bouche, et le coiffeur le frappa à son tour. « Faites-le monter », dit Mc Lendon. Ils le poussèrent. Il cessa de résister, monta et s'assit tranquillement tandis que les autres reprenaient leurs places. Il était assis entre le coiffeur et le soldat, rentrant ses membres pour ne pas les toucher, jetant constamment sur chaque visage des coups d'œil rapides. Butch s'accrocha au marchepied. L'auto se mit en marche. Le coiffeur se tamponnait la bouche avec son mouchoir.

« Qu'est-ce qu'il y a, Hawk ? dit le soldat.

— Rien », dit le coiffeur. Ils regagnèrent la grand-route et tournèrent le dos à la ville. La seconde voiture sortit de la poussière. Ils avancèrent, augmentant de vitesse ; la dernière rangée de maisons disparut.

« Nom de Dieu, ce qu'il pue ! dit le soldat.

— On va y remédier », dit le voyageur de commerce, assis à côté de Mc Lendon. Sur le marchepied Butch jura dans le courant d'air chaud. Le coiffeur se pencha soudain et toucha le bras de Mc Lendon.

« Laissez-moi descendre, John, dit-il.

— Vous n'avez qu'à sauter, négrophile », dit Mc Lendon sans tourner la tête. Il conduisait vite. Derrière, les lumières sans source de l'autre voiture luisaient dans la poussière. Bientôt Mc Lendon tourna dans un chemin étroit. Hors d'usage, il était creusé d'ornières. Il conduisait à des fours à brique abandonnés, série de monticules rougeâtres et de puits sans fond emplis de ronces et de lianes. Pendant un temps, ce lieu avait servi de pâturage, jusqu'au jour où le propriétaire perdit une de ses mules. Bien qu'il eût soigneusement sondé les puits avec un long bâton, il n'avait jamais pu même en toucher le fond.

« John ! dit le coiffeur.

— Vous n'avez qu'à sauter », dit Mc Lendon en poussant sa voiture dans les ornières. À côté du coiffeur le Noir parla :

« Mr Henry. »

Le coiffeur s'assit plus en avant. L'étroit tunnel de la route fila et disparut. Leur mouvement ressemblait à la bouffée d'air qui sort d'une chaudière éteinte : plus fraîche, mais complètement morte. L'auto bondissait d'une ornière à l'autre.

« Mr Henry », dit le Noir.

Le coiffeur se mit à secouer furieusement la portière. « Attention ! » dit le soldat, mais le coiffeur, d'un coup de pied, avait déjà ouvert la portière et s'était élancé sur le marchepied. Le soldat se pencha par-dessus le Noir, les mains tendues vers Hawk, mais il avait déjà sauté. L'auto continua sans ralentir.

La vitesse précipita Hawk à travers les ronces poussiéreuses jusque dans le fossé. Un nuage de poussière s'éleva autour de lui, et il resta étendu, haletant, secoué de nausées, parmi les craquements ténus, agressifs de tiges sans sève, jusqu'à ce que la seconde voiture soit passée et hors de vue. Alors, il se leva et s'éloigna, traînant la jambe. Arrivé sur la grand-route, il prit la direction de la ville en brossant de ses mains son vêtement. La lune avait monté, elle glissait très haut, sortie enfin du nuage de poussière sous lequel, au bout d'un moment, la lueur de la ville apparut. Il allait toujours, clopin-clopant. Tout à coup il entendit les autos. La lumière des phares grandissait derrière lui. Il quitta la route et s'accroupit dans le fourré jusqu'à ce qu'elles soient passées. La voiture de Mc Lendon roulait maintenant la dernière. Elle était occupée par quatre personnes et Butch n'était plus sur le marchepied.

Ils disparurent ; la poussière les avala ; la lueur et le bruit s'éteignirent. La poussière qu'ils avaient soulevée flotta encore quelque temps, mais la poussière éternelle eut tôt fait de l'absorber. Le coiffeur se hissa de nouveau sur la route et reprit en boitant le chemin de la ville.

IV

Ce samedi-là, comme elle s'habillait pour dîner, elle eut l'impression que toute sa chair brûlait de fièvre. Ses mains tremblaient parmi les crochets et les œillets, ses yeux avaient un éclat fiévreux et, sous le peigne, ses cheveux s'enroulaient secs, crépitants. Elle n'avait pas fini de s'habiller quand ses amies vinrent la chercher. Elles restèrent assises pendant qu'elle enfilait ses dessous les plus légers, ses bas et sa robe de voile neuve. « Vous sentez-vous assez bien pour sortir ? dirent-elles, les yeux brillants d'une lueur sombre. Quand vous serez revenue de votre émotion, il faudra nous raconter ce qui est arrivé, ce qu'il a dit, ce qu'il a fait, enfin tout. »

Dans l'obscurité feuillue, tandis qu'elles descendaient vers le square, elle se mit à respirer longuement comme un plongeur qui s'apprête à plonger, jusqu'à ce qu'elle eût cessé de trembler. Toutes les quatre marchaient lentement à cause de la chaleur torride et aussi par sollicitude pour elle. Mais en approchant du square elle recommença à trembler. Elle marchait, la tête haute, les mains crispées aux côtés, enveloppée de leurs voix chuchotantes sous l'éclat de leurs yeux qui également brillaient de fièvre.

Elles arrivèrent sur la place. Elle était au centre du groupe, frêle dans sa robe neuve. Elle tremblait plus encore. Elle marchait de plus en plus lentement, comme les enfants qui mangent une glace. La tête haute, les yeux brillants dans l'expression hagarde de son visage, elle passa devant l'hôtel. Les voyageurs de commerce en bras de chemise, assis sur le trottoir, se retournèrent pour la regarder : « Tenez, la voilà, vous voyez ? Celle qui est en rose, au milieu. — Oh ! c'est elle ? Qu'est-ce qu'on a fait du nègre ? Est-ce qu'on l'a... ? — Bien sûr, il a tout ce qu'il lui faut. — Tout ce qu'il lui faut, hein ? — Parfaitement, il est parti pour un petit voyage. » Puis ce fut le drugstore où même les jeunes gens qui flânaient sur la porte soulevèrent leur chapeau et suivirent des yeux, quand elle passa, le mouvement de ses hanches et de ses jambes.

Elles continuèrent devant les chapeaux soulevés des messieurs, les voix qui s'interrompaient brusquement, déférentes, protectrices. « Vous voyez », lui dirent ses amies. Leurs voix résonnaient comme de longs soupirs attardés où sifflait le triomphe. « Il n'y a pas un Noir sur la place. Pas un seul. »

Elles arrivèrent au cinéma. On aurait dit un pays enchanté en miniature avec son hall tout illuminé, ses lithographies en couleurs où la vie était saisie dans ses mutations terribles et superbes. Elle sentit un picotement à ses lèvres. Dans l'obscurité, quand le film aurait commencé, elle se sentirait mieux. Elle pourrait réfréner son rire afin de ne pas le gaspiller si vite et si tôt. Aussi se hâta-t-elle, devant les têtes qui se tournaient, sous les murmures d'étonnement discret ; et elles occupèrent leurs places habituelles d'où elle pouvait voir l'allée dans la lueur argentée, et les jeunes gens et les jeunes filles qui s'y détachaient, entrant deux par deux.

Les lumières s'éteignirent. L'écran s'embua d'argent et, bientôt, la vie commença à se dérouler, superbe, passionnée et triste. Cependant jeunes gens et jeunes filles arrivaient encore, parfumés et chuchotants dans la demi-obscurité ; leurs dos accouplés se détachaient en silhouettes délicates et lisses ; leurs corps nerveux, élancés, pleins de gaucherie, débordaient de jeunesse divine. Plus loin, devant eux, le rêve d'argent s'accumulait, inévitable, infini. Elle commença à rire. En essayant de s'arrêter elle ne parvint qu'à faire plus de bruit. Des têtes commencèrent à se retourner. Elle riait toujours quand ses amies la firent lever et l'entraînèrent ; et elle resta plantée sur le trottoir, secouée d'un rire aigu, continu, jusqu'à l'arrivée du taxi où elles l'aidèrent à monter.

Elles enlevèrent le voile rose, les dessous légers et les bas, et elles la mirent au lit. Elles cassèrent de la glace pour la lui mettre sur les tempes et elles envoyèrent chercher le médecin. On eut de la peine à le trouver, aussi prirent-elles soin d'elle avec des exclamations étouffées, renouvelant la glace, l'éventant. Tant que la glace resta fraîche et froide, elle ne rit pas. Couchée, immobile pour un temps, elle se contentait de pousser quelques plaintes. Mais bientôt le rire reprit et sa voix s'éleva, stridente.

« Chhhhh ! Chhhhh ! » dirent-elles en changeant la glace, caressant sa chevelure, y cherchant des cheveux gris : « Pauvre fille ! » Puis l'une à l'autre : « Croyez-vous qu'il se soit vraiment passé quelque chose ? » et leurs yeux brillaient d'une lueur sombre, secrets et passionnés. « Chhhhh ! Pauvre fille ! Pauvre Minnie ! »

V

Il était minuit quand Mc Lendon arrêta son auto devant sa jolie maison neuve. Elle était fraîche et coquette comme une cage à oiseaux et presque aussi petite, toute propre sous sa couleur vert et blanc. Il ferma sa voiture à clé, monta sur la galerie et entra. Sa femme se leva de la chaise où elle lisait, sous la lampe.

Mc Lendon s'arrêta au milieu de la pièce et la regarda si fixement qu'elle baissa les yeux.

« Regarde-moi l'heure qu'il est », dit-il, en levant le bras pour montrer la pendule. Elle était debout devant lui, tête basse, un magazine entre les mains. Elle avait le visage pâle, tiré, fatigué. « Combien de fois t'ai-je dit de ne pas rester comme ça à guetter l'heure à laquelle je rentre ?

— John », dit-elle. Elle posa son magazine. Debout, il la fixait de ses yeux brûlants, la face ruisselante de sueur.

« Je te l'ai pas dit ? » Il s'approcha d'elle. Alors elle releva les yeux. Il la prit par l'épaule. Passive, elle le regardait :

« Je t'en prie, John. Je ne pouvais pas dormir... La chaleur... quelque chose... Je t'en prie, John. Tu me fais mal.

— Je te l'ai pas dit ? » Il la lâcha et, la frappant à demi, la rejeta sur la chaise. Affalée, elle le regarda tranquillement tandis qu'il quittait la pièce.

Il traversa la maison en arrachant sa chemise et, arrivé sur la galerie obscure tendue de toiles métalliques, il s'arrêta et s'épongea la tête et les épaules avec sa chemise qu'il jeta au loin. Il tira le revolver de sa poche et le posa sur la table près du lit ; puis il s'assit sur le lit, enleva ses souliers et, s'étant mis debout, il laissa glisser son pantalon. Il était de nouveau en sueur. Il se pencha, chercha furieusement sa chemise. Il finit par la trouver et, s'étant épongé le corps, il resta debout, haletant, le corps pressé contre la moustiquaire empoussiérée. Pas un mouvement, pas un bruit, pas même un insecte. On eût dit que le monde gisait dans l'obscurité, abattu, sous la froideur de la lune et l'insomnie des étoiles.

DÉCOUVREZ LES FOLIO 2 €

Parutions de septembre 2010

Hans Christian ANDERSEN *La Vierge des glaces*
Un conte merveilleux à vous donner des frissons !

Paul BOWLES *L'éducation de Malika*
À travers le portrait d'une jeune Marocaine aux prises avec la civilisation occidentale, l'auteur du célèbre *Thé au Sahara* nous entraîne dans un voyage sentimental et initiatique.

COLLECTIF *Au pied du sapin*
Contes de Noël de Pirandello, Andersen, Maupassant...
Un petit livre à offrir et à se faire offrir !

Philip K. DICK *Petit déjeuner au crépuscule* et autres nouvelles
Prendre votre petit déjeuner avec Philip K. Dick n'est pas sans danger. Qui sait ce que vous réserve le reste de la journée ?

Alfred de MUSSET-George SAND *« Ô mon George, ma belle maîtresse... »* Lettres
La plus célèbre correspondance amoureuse de l'époque romantique.

Paul VERLAINE *L'Obsesseur* précédé d'*Histoires comme ça*
Loin de la musique des *Fêtes galantes* et des *Romances sans paroles*, Verlaine nous offre des textes étranges et sans complaisance.

Et dans la série *Petit éloge*

Vincent DELECROIX *Petit éloge de l'ironie*
Comment écrire un éloge de l'ironie ?

Jean-Baptiste GENDARME *Petit éloge des voisins*
Vous ne regarderez plus jamais vos voisins de la même manière !

Bertrand LECLAIR *Petit éloge de la paternité*
Et si devenir père était le début d'une grande aventure ?

Grégoire POLET *Petit éloge de la gourmandise*
Un petit éloge qui vous mettra l'eau à la bouche...

Dans la même collection

M. D'AGOULT *Premières années* (Folio n° 4875)

R. AKUTAGAWA *Rashômon* et autres contes (Folio n° 3931)

E. ALMASSY *Petit éloge des petites filles* (Folio n° 4953)

AMARU *La Centurie. Poèmes amoureux de l'Inde ancienne* (Folio n° 4549)

P. AMINE *Petit éloge de la colère* (Folio n° 4786)

M. AMIS *L'état de l'Angleterre* précédé de *Nouvelle carrière* (Folio n° 3865)

H. C. ANDERSEN *L'elfe de la rose* et autres contes du jardin (Folio n° 4192)

ANONYME *Ma'rûf le savetier*. Un conte des *Mille et Une Nuits* (Folio n° 4317)

ANONYME *Le Petit-Fils d'Hercule* (Folio n° 5010)

ANONYME *Le poisson de jade et l'épingle au phénix* (Folio n° 3961)

ANONYME *Saga de Gísli Súrsson* (Folio n° 4098)

G. APOLLINAIRE *Les Exploits d'un jeune don Juan* (Folio n° 3757)

ARAGON *Le collaborateur* et autres nouvelles (Folio n° 3618)

I. ASIMOV *Mortelle est la nuit* précédé de *Chante-cloche* (Folio n° 4039)

S. AUDEGUY *Petit éloge de la douceur* (Folio n° 4618)

AUGUSTIN (SAINT) — *La Création du monde et le Temps* suivi de *Le Ciel et la Terre* (Folio n° 4322)

MADAME D'AULNOY — *La Princesse Belle Étoile et le prince Chéri* (Folio n° 4709)

J. AUSTEN — *Lady Susan* (Folio n° 4396)

M. AYMÉ — *La bonne peinture* (Folio n° 5011)

H. DE BALZAC — *La Fausse Maîtresse* (Folio n° 5063)

H. DE BALZAC — *L'Auberge rouge* (Folio n° 4106)

H. DE BALZAC — *Les dangers de l'inconduite* (Folio n° 4441)

É. BARILLÉ — *Petit éloge du sensible* (Folio n° 4787)

J. BARNES — *À jamais* et autres nouvelles (Folio n° 4839)

F. BARTELT — *Petit éloge de la vie de tous les jours* (Folio n° 4954)

S. DE BEAUVOIR — *La Femme indépendante* (Folio n° 4669)

T. BENACQUISTA — *La boîte noire* et autres nouvelles (Folio n° 3619)

K. BLIXEN — *L'éternelle histoire* (Folio n° 3692)

K. BLIXEN — *Saison à Copenhague* (Folio n° 4911)

BOILEAU-NARCEJAC — *Au bois dormant* (Folio n° 4387)

M. BOULGAKOV — *Endiablade* (Folio n° 3962)

M. BOULGAKOV — *J'ai tué* et autres récits (Folio n° 5012)

R. BRADBURY — *Le meilleur des mondes possibles* et autres nouvelles (Folio n° 5062)

R. BRADBURY — *Meurtres en douceur* et autres nouvelles (Folio n° 4143)

L. BROWN — *92 jours* (Folio n° 3866)

S. BRUSSOLO — *Trajets et itinéraires de l'oubli* (Folio n° 3786)

R. CAILLOIS	*Noé* et autres textes (Folio n° 4955)
J. M. CAIN	*Faux en écritures* (Folio n° 3787)
MADAME CAMPAN	*Mémoires sur la vie privée de Marie-Antoinette* (Folio n° 4519)
A. CAMUS	*Jonas ou l'artiste au travail* suivi de *La pierre qui pousse* (Folio n° 3788)
A. CAMUS	*L'été* (Folio n° 4388)
T. CAPOTE	*Cercueils sur mesure* (Folio n° 3621)
T. CAPOTE	*Monsieur Maléfique* et autres nouvelles (Folio n° 4099)
A. CARPENTIER	*Les élus* et autres nouvelles (Folio n° 3963)
CASANOVA	*Madame F.* suivi de *Henriette* (Folio n° 4956)
M. DE CERVANTÈS	*La petite gitane* (Folio n° 4273)
R. CHANDLER	*Un mordu* (Folio n° 3926)
I. DE CHARRIÈRE	*Sir Walter Finch et son fils William* (Folio n° 4708)
J. CHEEVER	*Une Américaine instruite* précédé de *Adieu, mon frère* (Folio n° 4840)
G. K. CHESTERTON	*Trois enquêtes du Père Brown* (Folio n° 4275)
E. M. CIORAN	*Ébauches de vertige* (Folio n° 4100)
COLLECTIF	*Au bonheur de lire* (Folio n° 4040)
COLLECTIF	*« Dansons autour du chaudron »* (Folio n° 4274)
COLLECTIF	*Des mots à la bouche* (Folio n° 3927)
COLLECTIF	*« Il pleut des étoiles »* (Folio n° 3864)
COLLECTIF	*« Leurs yeux se rencontrèrent... »* (Folio n° 3785)
COLLECTIF	*L'œil du serpent.* Contes folkloriques japonais (Folio n° 5060)
COLLECTIF	*« Ma chère Maman... »* (Folio n° 3701)

COLLECTIF	*« Mon cher Papa… »* (Folio n° 4550)
COLLECTIF	*« Mourir pour toi »* (Folio n° 4191)
COLLECTIF	*« Parce que c'était lui ; parce que c'était moi »* (Folio n° 4097)
COLLECTIF	*« Que je vous aime, que je t'aime ! »* (Folio n° 4841)
COLLECTIF	*Sur le zinc* (Folio n° 4781)
COLLECTIF	*Un ange passe* (Folio n° 3964)
COLLECTIF	*1, 2, 3… bonheur !* (Folio n° 4442)
A. CONAN DOYLE	*L'interprète grec* et autres aventures de Sherlock Holmes (Folio n° 5013)
A. CONAN DOYLE	*Une affaire d'identité* et autres aventures de Sherlock Holmes (Folio n° 5015)
CONFUCIUS	*Les Entretiens* (Folio n° 4145)
J. CONRAD	*Jeunesse* (Folio n° 3743)
J. CONRAD	*Le retour* (Folio n° 4737)
F. CONROY	*Le cas mystérieux de R.* et autres nouvelles (Folio n° 5014)
B. CONSTANT	*Le Cahier rouge* (Folio n° 4639)
J. CORTÁZAR	*L'homme à l'affût* (Folio n° 3693)
J. CORTÁZAR	*La porte condamnée* et autres nouvelles fantastiques (Folio n° 4912)
J. CRUMLEY	*Tout le monde peut écrire une chanson triste* et autres nouvelles (Folio n° 4443)
D. DAENINCKX	*Ceinture rouge* précédé de *Corvée de bois* (Folio n° 4146)
D. DAENINCKX	*Leurre de vérité* et autres nouvelles (Folio n° 3632)
D. DAENINCKX	*Petit éloge des faits divers* (Folio n° 4788)

R. DAHL	*Gelée royale* précédé de *William et Mary* (Folio n° 4041)
R. DAHL	*L'invité* (Folio n° 3694)
R. DAHL	*Le chien de Claude* (Folio n° 4738)
S. DALI	*Les moustaches radar (1955-1960)* (Folio n° 4101)
M. DÉON	*Une affiche bleue et blanche* et autres nouvelles (Folio n° 3754)
R. DEPESTRE	*L'œillet ensorcelé* et autres nouvelles (Folio n° 4318)
R. DETAMBEL	*Petit éloge de la peau* (Folio n° 4482)
P. K. DICK	*Ce que disent les morts* (Folio n° 4389)
D. DIDEROT	*Lettre sur les aveugles à l'usage de ceux qui voient* (Folio n° 4042)
F. DOSTOÏEVSKI	*La femme d'un autre et le mari sous le lit* (Folio n° 4739)
R. DUBILLARD	*Confession d'un fumeur de tabac français* (Folio n° 3965)
A. DUMAS	*La Dame pâle* (Folio n° 4390)
I. EBERHARDT	*Amours nomades* (Folio n° 4710)
M. ELIADE	*Incognito à Buchenwald...* précédé de *Adieu !...* (Folio n° 4913)
M. EMBARECK	*Le temps des citrons* (Folio n° 4596)
S. ENDO	*Le dernier souper* et autres nouvelles (Folio n° 3867)
ÉPICTÈTE	*De la liberté* précédé de *De la profession de Cynique* (Folio n° 4193)
W. FAULKNER	*Le Caïd* et autres nouvelles (Folio n° 4147)
W. FAULKNER	*Une rose pour Emily* et autres nouvelles (Folio n° 3758)
C. FÉREY	*Petit éloge de l'excès* (Folio n° 4483)

F. S. FITZGERALD	*L'étrange histoire de Benjamin Button* suivi de *La lie du bonheur* (Folio n° 4782)
F. S. FITZGERALD	*La Sorcière rousse* précédé de *La coupe de cristal taillé* (Folio n° 3622)
F. S. FITZGERALD	*Une vie parfaite* suivi de *L'accordeur* (Folio n° 4276)
É. FOTTORINO	*Petit éloge de la bicyclette* (Folio n° 4619)
C. FUENTES	*Apollon et les putains* (Folio n° 3928)
C. FUENTES	*La Desdichada* (Folio n° 4640)
GANDHI	*La voie de la non-violence* (Folio n° 4148)
F. GARCÍA LORCA	*Romancero gitan* suivi de *Chant funèbre pour Ignacio Sanchez Mejias* (Folio n° 5061)
R. GARY	*Les trésors de la mer Rouge* (Folio n° 4914)
R. GARY	*Une page d'histoire* et autres nouvelles (Folio n° 3753)
MADAME DE GENLIS	*La Femme auteur* (Folio n° 4520)
A. GIDE	*Souvenirs de la cour d'assises* (Folio n° 4842)
J. GIONO	*Arcadie... Arcadie...* précédé de *La pierre* (Folio n° 3623)
J. GIONO	*Notes sur l'affaire Dominici* suivi de *Essai sur le caractère des personnages* (Folio n° 4843)
J. GIONO	*Prélude de Pan* et autres nouvelles (Folio n° 4277)
V. GOBY	*Petit éloge des grandes villes* (Folio n° 4620)
N. GOGOL	*Une terrible vengeance* (Folio n° 4395)

W. GOLDING — *L'envoyé extraordinaire* (Folio n° 4445)

W. GOMBROWICZ — *Le festin chez la comtesse Fritouille* et autres nouvelles (Folio n° 3789)

H. GUIBERT — *La chair fraîche* et autres textes (Folio n° 3755)

E. HEMINGWAY — *L'étrange contrée* (Folio n° 3790)

E. HEMINGWAY — *Histoire naturelle des morts* et autres nouvelles (Folio n° 4194)

E. HEMINGWAY — *La capitale du monde* suivi de *L'heure triomphale de Francis Macomber* (Folio n° 4740)

C. HIMES — *Le fantôme de Rufus Jones* et autres nouvelles (Folio n° 4102)

E. T. A. HOFFMANN — *Le Vase d'or* (Folio n° 3791)

A. HUXLEY — *Le jeune Archimède* précédé de *Les Claxton* (Folio n° 4915)

J.-K. HUYSMANS — *Sac au dos* suivi de *À vau l'eau* (Folio n° 4551)

P. ISTRATI — *Mes départs* (Folio n° 4195)

H. JAMES — *Daisy Miller* (Folio n° 3624)

H. JAMES — *Le menteur* (Folio n° 4319)

H. JAMES — *De Grey, histoire romantique* (Folio n° 4957)

R. JAUFFRET — *Ce que c'est que l'amour* et autres microfictions (Folio n° 4916)

JI YUN — *Des nouvelles de l'au-delà* (Folio n° 4326)

T. JONQUET — *La folle aventure des Bleus...* suivi de *DRH* (Folio n° 3966)

F. KAFKA — *Lettre au père* (Folio n° 3625)

P. KÉCHICHIAN — *Petit éloge du catholicisme* (Folio n° 4958)

J. KEROUAC — *Le vagabond américain en voie de disparition* précédé de *Grand voyage en Europe* (Folio n° 3694)

J. KESSEL	*Makhno et sa juive* (Folio n° 3626)
J. KESSEL	*Une balle perdue* (Folio n° 4917)
R. KIPLING	*La marque de la Bête* et autres nouvelles (Folio n° 3753)
N. KUPERMAN	*Petit éloge de la haine* (Folio n° 4789)
J.-M. LACLAVETINE	*Petit éloge du temps présent* (Folio n° 4484)
MADAME DE LAFAYETTE	*Histoire de la princesse de Montpensier* et autres nouvelles (Folio n° 4876)
J. DE LA FONTAINE	*Comment l'esprit vient aux filles* et autres contes libertins (Folio n° 4844)
LAO SHE	*Histoire de ma vie* (Folio n° 3627)
LAO SHE	*Le nouvel inspecteur* suivi de *Le croissant de lune* (Folio n° 4783)
LAO-TSEU	*Tao-tö king* (Folio n° 3696)
V. LARBAUD	*Mon plus secret conseil...* (Folio n° 4553)
J. M. G. LE CLÉZIO	*Peuple du ciel* suivi de *Les bergers* (Folio n° 3792)
M. LERMONTOV	*La Princesse Ligovskoï* (Folio n° 4959)
LIE-TSEU	*Sur le destin* et autres textes (Folio n° 4918)
J. LONDON	*La piste des soleils* et autres nouvelles (Folio n° 4320)
P. LOTI	*Les trois dames de la Kasbah* suivi de *Suleïma* (Folio n° 4446)
H. P. LOVECRAFT	*La peur qui rôde* et autres nouvelles (Folio n° 4194)
H. P. LOVECRAFT	*Celui qui chuchotait dans les ténèbres* (Folio n° 4741)

P. MAGNAN	*L'arbre* (Folio n° 3697)
K. MANSFIELD	*Mariage à la mode* précédé de *La Baie* (Folio n° 4278)
MARC AURÈLE	*Pensées (Livres I-VI)* (Folio n° 4447)
MARC AURÈLE	*Pensées (Livres VII-XII)* (Folio n° 4552)
G. DE MAUPASSANT	*Apparition* et autres contes de l'étrange (Folio n° 4784)
G. DE MAUPASSANT	*Le Verrou* et autres contes grivois (Folio n° 4149)
I. McEWAN	*Psychopolis* et autres nouvelles (Folio n° 3628)
H. MELVILLE	*Les Encantadas, ou Îles Enchantées* (Folio n° 4391)
P. MICHON	*Vie du père Foucault – Vie de Georges Bandy* (Folio n° 4279)
H. MILLER	*Lire aux cabinets* précédé de *Ils étaient vivants et ils m'ont parlé* (Folio n° 4554)
H. MILLER	*Plongée dans la vie nocturne...* précédé de *La boutique du Tailleur* (Folio n° 3929)
R. MILLET	*Petit éloge d'un solitaire* (Folio n° 4485)
S. MINOT	*Une vie passionnante* et autres nouvelles (Folio n° 3967)
Y. MISHIMA	*Dojoji* et autres nouvelles (Folio n° 3629)
Y. MISHIMA	*Martyre* précédé de *Ken* (Folio n° 4043)
Y. MISHIMA	*Papillon* suivi de *La lionne* (Folio n° 4845)
M. DE MONTAIGNE	*De la vanité* (Folio n° 3793)
E. MORANTE	*Donna Amalia* et autres nouvelles (Folio n° 4044)

A. DE MUSSET	*Emmeline* suivi de *Croisilles* (Folio n° 4555)
V. NABOKOV	*Un coup d'aile* suivi de *La Vénitienne* (Folio n° 3930)
I. NÉMIROVSKY	*Ida* suivi de *La comédie bourgeoise* (Folio n° 4556)
P. NERUDA	*La solitude lumineuse* (Folio n° 4103)
G. DE NERVAL	*Pandora* et autres nouvelles (Folio n° 4742)
F. NIWA	*L'âge des méchancetés* (Folio n° 4444)
G. OBIÉGLY	*Petit éloge de la jalousie* (Folio n° 4621)
F. O'CONNOR	*Un heureux événement* suivi de *La Personne Déplacée* (Folio n° 4280)
K. OÉ	*Gibier d'élevage* (Folio n° 3752)
J.C. ONETTI	*À une tombe anonyme* (Folio n° 4743)
L. OULITSKAÏA	*La maison de Lialia* et autres nouvelles (Folio n° 4045)
C. PAVESE	*Histoire secrète* et autres nouvelles (Folio n° 5016)
C. PAVESE	*Terre d'exil* et autres nouvelles (Folio n° 3868)
P. PÉJU	*L'idiot de Shangai* et autres nouvelles (Folio n° 4960)
C. PELLETIER	*Intimités* et autres nouvelles (Folio n° 4281)
P. PELOT	*Petit éloge de l'enfance* (Folio n° 4392)
PIDANSAT DE MAIROBERT	*Confession d'une jeune fille* (Folio n° 4392)
L. PIRANDELLO	*Première nuit* et autres nouvelles (Folio n° 3794)

Composition Nord Compo.
Impression Novoprint
à Barcelone, le 25 septembre 2010
Dépôt legal: septembre 2010
1er dépôt légal: septembre 2002

ISBN 978-2-07-042549-5 / Imprimé en Espagne.

179693